姑娘，
愿你有个自己
说了算的人生

易小宛 著

江西教育出版社
JIANGXI EDUCATION PUBLISHING HOUSE

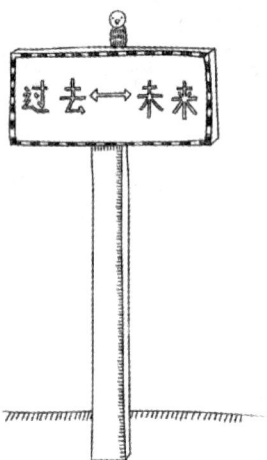

CONTENTS 目 录 ——

PART③　行走江湖，带刺的善良会更好

PART④　时间能治愈的，是愿意自救的人

PART ⑤ 拼尽全力，成为自己的女王

PART⑧　那些会生活的人，能让平淡的生活发着光

后记

PART 1

再见『差不多』姑娘

不够努力，才有时间去焦虑

1

一个朋友说，每天叫醒她的不是闹钟，而是焦虑。

每天晚上，她都因为焦虑第二天的工作和生活而失眠，而清晨又因为自己昨晚短暂的睡眠而焦虑。陷入一个死循环，导致她每天都很恍惚。

泡茶叶的时候泡成了木耳，眼睁睁地看着泡发的木耳溢出水面。

总是粗心大意打错材料被领导批评，站在西北风底下哭，不发工资光是喝西北风也喝得挺饱的。

好不容易心血来潮想打理一下自己，听说鸡蛋清可以保养头发，洗澡的时候打了个鸡蛋在头上，结果水太烫挂了一头蛋花。

她总觉得自己太糟糕了，觉得自己一无所获。

你以为这就是她的日常。

其实还没有结束。

工作的时候，她的节奏并不是很快，通俗点说就是很闲，所以就有了和同事的各种聊天版本。

"听说××的老公是××，怪不得她这么嘚瑟。"

"听说××和××好像很暧昧，上次还碰到他们一起吃饭呢。"

"听说新来的那个小姑娘和领导是亲戚呢，以后得小心点。"

"听说××刚买了一个包好贵，可是咱们这里都不流行那个牌子。"

然后又唉声叹气，觉得没完成好自己负责的工作内容，觉得自己的未来好渺茫，好焦虑……

其实从她们的聊天内容上来看，她完全可以做一个好编剧，把生活的每一个小细节都编成一部狗血剧。

有人开玩笑说，如果你不够努力，请不要焦虑。如果想在北京买一套一百多平方米的房子和一辆玛莎拉蒂，那么你不妨给自己定个小目标，比如说先活它个二十年，然后向天再借五百年。

2

我们焦虑别人比自己优秀，却忘了用时间和努力去证明自己；我们焦虑别人比我们快乐，却忘了修炼自己的内心；我们焦虑别人的成长速度快，却忘了我们只是在原地踏步。

记得《北上广不相信眼泪》里有一段台词说：

太阳突然从云层里钻出来，阳光洒到地面上，我突然看清了所有人的脸，我看见无数个你我，叫着、喊着、笑着挤进车厢，一辆接着一辆，我在想，车厢里挤进多少人，就塞进了多少梦想。

焦虑的时候脑海里总是充斥着太多的"你看别人怎样怎样""我好没用""真的来不及了""哎呀——这样下去怎么办"……

有时候我们所说的顺其自然，其实只是无能为力。

你的焦虑更多的只是逃离，而焦虑背后真正的原因：我真的喜欢现在的生活吗？

亚楠是个特别要强的姑娘。上学的时候就特别上进，人美学习好，在别人眼中，她的每一步都走得特别顺利，我们总是在照片中看到她用心去过的每一天，那些风景，都是她独有的。

可是在一次聊天中，她对我说，其实在她高考完那一年，她的父母就离婚了，父亲不愿意给她更多的生活费，所以上大学的时候，她依靠自己的课余时间打工去赚钱养活自己并且照顾妈妈。每一天她都过得很辛苦，但是看着自己付出得来的成果，她依旧像一个小女孩一样买一件心仪的礼物送给自己。

无论生活多难，她都笑靥如花。无论有什么不开心，好像一个冰淇淋就能解决。每一天她都会拍照记录，照片里的她永远都是自信满满。

她说，没有什么是一个冰淇淋解决不了的，如果有，那就两个。

每年过年的时候，看到别人都是一家团聚，她的心里都酸酸的，没有一个地方可以容纳她。但是她依旧没有因为明天的不确定而感觉到焦虑。

她努力工作，不断充实自己，并且有了自己的小家庭。

就在她结婚不久，她的父亲突发脑梗，虽然有时候很恨父亲的不争气，可是在得知父亲生病的时候，她还是第一时间赶回来照顾父亲，花光了她所有的积蓄。她说，生活给她的压力远比她想象的要多，但是那又有什么关系，我们活着就是为了处理这一个又一个的难题然后开怀大笑吗？

当你的内心平和了，这些焦虑自然会转化成前进的动力。

泰戈尔说："除了通过黑夜的道路，无以到达光明。"

3

我曾看过一篇文章，题目是《珠穆朗玛峰边上的尸体数量，比你想象的要多很多很多》。在这个征服高峰的过程中，有很多人因为天气以及其他各种原因死去，尸体暴露在茫茫雪山中……由于山上的温度太低，那些尸体根本不会腐烂，即使不断有登山者经过那些尸体的身边，也无能为力……这么多年下来，那些在茫茫白色雪山上去世的登山者，他们身上的鲜艳衣服，很多已经成为了地标，当大家看到不同的尸体的时候，就大概知道自己身处什么高度和位置了。

有人说，没事为什么要登珠峰，简直是发疯。

有时候我们焦虑为什么有那么多天灾人祸，焦虑那么多的无疾而终，焦虑不知道明天和意外哪个先来。

我们勇敢地去做一些事情，就是告诉人们，时光是用来享受的，而不是用来焦虑的。

用焦虑的时间做一些更有意义的事情吧。

努力之后就不会焦虑了吗？会。

但是这种焦虑，是让你有更多充实自己的时间。生活本来就是一件很复杂的事情，我们要用自己的善意和努力，去把它过成我们想要的样子。

人总要为这个世界留下点什么。如果上帝为你关上一扇窗，那你一定让他把门也关上，因为，你可以自己开空调。

或许我们不完美，但是我们拥有快乐的能力；或许我们不富有，但我们拥有更多创造幸福的能力。

不要总是让自己在焦虑中度过，路是你选择的，也会因你而改变。只因为唯此一生，多么短暂，放下焦虑，我们都需要用最适合自己的方式去生活。

再见"差不多"姑娘

1

之前的很多年，我都在做一个以"差不多"为主题贯穿人生的人。考试成绩一般，觉得差不多就行了，干吗那么认真呢；体重差不多就行了，干吗那么累锻炼塑形呢；工作差不多就行了，干吗那么争强好胜呢；做一件事情的时候觉得差不多就可以了，干吗那么苛求完美呢……当时还觉得是自己心态好，其实只是在给自己的懒惰和懈怠找借口，其实往往觉得差不多的，到最后都是"差很多"。

所以有时候我们误以为这个世界太残酷。可是当我年纪再大一些的时候，有人说，当你庸庸碌碌去过每一天，工作中连最起码的话语权都没有的时候，你又怎么保护自己？更别说保护你想要保护的人，只有你强大了，才能真正看清极致人生的意义。

漫画家蔡志忠说过，选择自己最喜欢的事，把它做到极致，是人生最大的快乐。

我们来人间一遭，不是为了去换数不尽的人民币，是要来完成自己的梦想，走自己的路的，其他都不值得。他一岁开始看《圣经》，一岁到三岁半，是一个标准教徒，会背诵经文。四岁半的时候，他找到了他的人生之路，就是绘画。他曾经42天没打开门，在屋子里完成一件工作。58个钟头，为了完成一个电视片头。曾经去日本四年画诸子百家。曾经10年又40天研究物理。他非常喜欢一个人做自己喜欢的事。

他说，任何厉害的人，都会活得很明白，知道自己这辈子要拿什么刷子混饭吃，及早就把刷子选好。

100%的投入，你置心一处、置身一处，其他的纷扰都听不到。

2

总是以"差不多"来要求自己的人，觉得自己好像对生活没有苛求，活得随心所欲。其实有时候是"太将就"。

太将就的人生，总有一天会过得乱糟糟，对自己没有要求的人，又怎么能认真地对待每一件事、每一项工作、每一段人生的路途？

是不是要等到七十岁的时候，才觉得自己差不多该认真了，该坚持了，该看清了？

我身边有一位朋友，做任何事情都规划好，而且特别认真地执行，计划6：00起床，绝不会等到6：01，每一项工作都一定做到客户满意为止，差一点都不可以。每天晚上坚持夜跑，而且都是在半小时以上，别人都觉得她太较真了，认为她这样的生活方式太累了，差不多得了，何苦把自己打造成停不下来的机器人。

而她说，正是因为她的这些严格的生活作息，才让她在工作中游刃有余，正是因为有这些坚持，才让她的意志力越来越强大，看待这个世界的视野越来越宽阔。

3

彭于晏说："当你停止学习时，你的演员生涯就结束了。"

2005年，彭于晏拍摄《海豚爱上猫》时，他花了一个月了解自闭症儿童，学习训练海豚，和海豚相处。拍摄结束的同时，他还拿到了海豚训练师的资格认证。

2010年，彭于晏拍摄《翻滚吧，阿信》时，为了更好地完成拍摄，他以专业体操运动员的强度，足足训练了八个月。每天和体操运动员同吃同住，不吃甜点和高脂肪食物，每天除了吃午饭、洗澡都在训练，结果就是，两个星期学会后空翻和跳马，两三个月达成了一般人练习 3 ～ 5 个月的状态。

2013 年，彭于晏拍《激战》时，他进行魔鬼训练加节食整整三个月，三个月里，他学会了泰拳、巴西柔术、锁技。2014 年，他拍《黄飞鸿之英雄有梦》，为了学习正宗的南拳套路，他专门请了一位著名南拳教练，每天训练十个小时，半年后，工字伏虎拳、虎鹤双行拳他全都学会了。

2016 年《湄公河行动》开拍前，他接受了枪械训练、学习与缉毒犬相处、学了缅甸语，还接受了皇家御用保安的特训。他曾说过，我就是没有才华，所以才用命拼。

所以，当你做任何事都用尽全力的时候，你会发现你身体里的潜能不断地被激发出来。

很多人动不动就问，那么拼命有什么用，还不是输给了好看的脸，输给有钱的爹，输给残酷的现实？

但当你更加全能的时候，你会发现，没有什么能难得倒你。

一个对自己有要求的人，才拥有更多自律的能力。而这种自律会让你更好地管理生活，不断提升约束自己行为的能力和素质，那份专注力，都是具备能量的，它会让你克服恐惧，披荆斩棘。

4

有时候，我们总是得过且过，总觉得现在凑合生活、凑合工作、找一个人凑合过日子。其实让大多数人疲惫的并不是生活，而是自己的内心。

停下那些抱怨，追求生命的质量，有一种能让生活充满能力的方式，就是不要停止热爱。那种极致的付出背后，其实是对生活的另一种认可。或者说，把普通的人生折腾得能发光。

有人说，现在的鸡汤不就是号召我们多努力、少睡觉吗？我们都有努力病，以前上学的时候觉得熬夜真的挺好，看球打游戏，连着两天不合眼，没问题，我年轻啊，人生座右铭基本围绕着："众人皆睡我独醒""成功人士每天只睡三小时""天才从来不会把时间浪费在睡眠上""生前何必久睡，死后必会长眠"。

其实我们说的拼尽全力并不是要你不吃、不喝、不睡，只埋头做事，而是把关注点放到你对一件事情的注意力上。如果做一件事情总是三天打鱼两天晒网，最后总是潦草收场，没有计划，没有目标，每天都庸庸碌碌。

请对那样的人生说"不"。

不管别人做什么，不管别人讲什么，我们只需听自己的心灵说话，淋漓尽致的生活与真实的付出是对抗时间流逝的最佳武器。

我们工作，生活，烹饪，健身，不断追求自己喜欢做的事情，都是为了寻找存在的价值。

世间熙攘，你需要用心去种植你的美好。

你种下什么种子，就会收获什么果实，中途的风雨降临，都是为了让你的果实长得更好。

改变自己，从控制体重开始

1

如果你的女朋友出现以下症状——反应淡漠，焦虑紧张，抑郁敏感，容易健忘，心悸眩晕等，别担心，她大概是饿了。

本来已经想好这篇文字的题目《你努力减肥的样子真的特别孤单》，总是觉得吃才是最大的治愈，何苦为难自己拼命减肥呢？可是就在前一天，这种想法突然改变了。

我陪妹妹去呼和浩特的银行面试，下午2点开始，1点到那儿的时候，培训大厅已经等满了人，我放眼望去，都是满脸的青春活力和小鲜肉。我对妹妹说，想不到这次面试的质量还很高嘛，妹妹笑着说，他们在学校初面笔试结束的时候，就一一对应聘者拍了照，这已经是筛选后的第二轮，而且这一轮情景模拟结束后，还会继续一一拍照，最后留下的才是真正的胜利者。

刚说完，主办方请各个应聘者上楼，我看着身穿正装的有颜值、有身材的姑娘、小伙从我面前整齐地走过，视觉上真的是清新，如果满脸沧桑，膀大腰圆，估计呈现在眼前的又是另一番景象了。那一刻，我突然觉得，一个人控制好自己的体重，修炼好自己的气质，对别人来说也是一种尊重。

这会给世界带来更多的美。

面试结束后，我和妹妹坐动车回家，动车上的乘务员是个身着红色正装的姑娘。形象气质都特别好，提醒乘客检票的时候也是面带微笑，精致的妆容和纤瘦的身材，都让人觉得眼前是一道靓丽的风景。

好吧，我承认我在看脸的世界有些迷失了，但是我们每个人不都是努力想让自己变得更好吗。

2

单位新来的一位同事，四十三岁，168 厘米的身高，体重保持在 100 斤，之前的工作节奏比较快，所以她想要换一个环境好好享受一下生活。她说，之前的工作很忙碌，没有时间穿漂亮的衣服收拾自己，现在终于可以每天美美地上班工作。每次看到她时，她总是穿着得体的套装，四十多岁的她看起来更像是二十多岁的样子。

她说:"我就是想把自己打扮得美美的,不为那么多琐事操心。就算有一天老公开始嫌弃我,大概也找不到比我年轻漂亮的小三了。"

她说,你要知道一个女人的气质和容颜对一个家庭有多重要。

我们单位楼下是老年人合唱团,每天我进出电梯的时候,都会遇到一些年纪大的阿姨叔叔来唱歌。有一天下楼时,在电梯里遇到几个唱完歌回家的阿姨,其中一位真是让我见识到了什么是"小蛮腰",而且她的衣着搭配极其讲究,虽然脸上有皱纹,但是看起来依旧很美,像是六十岁的赵雅芝。我听到她对同伴说,下午有时间还约了朋友一起去做美容。

那一刻,三十岁的我更像是从非洲回来的难民,头发没造型,衣着没搭配,皮肤没用心保养,看起来更像是大妈。

过了一个月左右,有一天早晨,我去上班,前面走着一个漂亮姑娘,精致的裙装,戴着礼帽、墨镜,踩着 10 厘米的高跟鞋,像是赫本的经典造型。我在心里惊呼,这姑娘一定是从外地回来的吧,这身材和这衣着品位,回头率简直是 100%。我不自觉地加快脚步,走到姑娘的前面,忽听到身后两个阿姨和姑娘的对话:"您还是和年轻时一样的模特身材,今天还去老年合唱团练歌啊?"

"嗯,有空就想唱唱歌。"

我回头，原来那个漂亮姑娘就是之前那位年轻的阿姨。她已经六十多岁了，可是戴上墨镜，穿上小套装，完全像是年轻的小姑娘。

那一瞬间，我被震撼到。

真正的美，是随时随地散发出来的气质。

所以，不要再埋怨洗头累了，也不要再嫌化妆品贵，更不要觉得自己总有一天会老，就邋遢一辈子。

3

瘦下来或许并不能改变这个世界，但是你可以成为这个世界最美的点缀。

修炼你的气质就是提升你的自控力。

一个自控能力强的人，才拥有更多的自信。或许我们的容颜会随着时间衰老，但是我们的身材和气质，需要我们自己去塑造和提升。

你要相信生命在于运动，运动起来的生命才更有活力。有人说，你的身材反映你的修养和自制力，减肥和保持体重其实就是学习克制和自律的过程。你能控制住自己的体重，你就能控制自己的生活，就能找到时间去享受生活美好的一面。

好看的身材就是你的名片，还未说话就会让对方留有最初的印象。

健身和减肥最可怕的，不是痛苦的坚持，而是，从未开始。

只有让身材变成自己喜欢的样子，才能更好地拥抱生活。

在最好的年纪变得更好，才算不辜负自己

1

我和碧园阿姨在藏餐吧吃饭。

已经快五十岁的碧园阿姨，看上去更像是一个单纯快乐的小姑娘。

碧园阿姨说，一个人一定要学会和自己的内心对话。而且一定要把自己的心放大，有自己的格局，不要局限在小小的情绪中。

她是藏族人，很小的时候和父母来到这个城市，虽然很少回西藏，但是她依旧喜欢藏族风格的餐厅。

我环顾了那个藏餐吧的环境，空间不是很大，但是藏族风情让人如同身在西藏一般。餐厅的老板是一对小情侣。他们每年开几个月的餐厅，然后会回到西藏，把一些热心人捐助的衣物用品带回并送给那些有需要的人。

我和碧园阿姨坐在一个小隔间里，墙上画的是藏族的牧羊少女，碧园阿姨给我讲起她的故事。那个下午，我们聊着各自的小生活，碧园阿姨也教会我如何做个大气的人。

年纪再小一些的时候，觉得人生就小学、初中、高中不停地升级。

朋友三三说："上学时，我们总是太过逞强。"

那时的三三，因为一道数学题的对错都会和同学争得面红耳赤，因为一个英文发音拿着拖布和同桌打起来。

"那时的我，真的是年轻气盛啊，如果换作现在，哪怕别人冲我大喊大叫我都不会搭理他，而是淡定地再看五分钟的书。太过暴躁地处理问题，只会暴露出自己的浅薄。"三三笑着说。

前段时间，我和同事整理档案，她开玩笑说："你看，人一辈子下来，不过是由这几十张纸组成，我们最后留下的，也就是这些纸，初中毕业证、高中毕业证、大学毕业证、工作报到证以及各个阶段的档案记录……"

笑过之后，有一种怅然若失的感觉，我们的人生，真的只是这样就好吗？

后来懂得，我们不仅要升级，还要有打倒内心小怪兽的勇气和决心。

2

有人说，当一个姑娘年纪轻轻就丧失了洗头和化妆的欲望，那她多半是条咸鱼了。

姑娘小北的每一期节目更新，我都会去听。

她说，凌晨时分，我躺在巴厘岛的别墅里悠闲地享受着这度假般的惬意感觉，脑海里不由得想起一年前的生活。忙碌了一天，又累又饿，还想吃肉，去麦当劳买了一份巨无霸汉堡，开始挤公交车，和往常一样遇到下班高峰，难以挣脱。

那时的她，工作千篇一律，为房租水电发愁，下了班踢掉高跟鞋倒在床上，休息十分钟后，继续打开电脑工作。

那时的她，会经常对着客户的意见将策划书改了又改，有时候也想过放弃，可是又想到生活哪有那么容易，不经历一场战斗，怎么会有好的未来？

不久之后，她正式辞掉工作，由朝九晚五变成了一名真正意义上的自由职业者。她敢于尝试，做了有自己品牌的主播，虽然每天很辛苦，但是成就感却满满的。

她说："读高中时跟同桌说，我的梦想，就是在毕业两年后成为一个月薪两万块的人。"

同桌扑哧一笑说："不可能，我哥哥现在都毕业四五年了，月薪才不到一万，你做白日梦，想得美。"

小北很不服气地跟她打赌说，如果她毕业两年后，月薪达到两万了，就让同桌给她买一百本言情小说，上学时小北最喜欢看的就是言情小说了。

没想到毕业两年后，小北过了看言情小说的年纪，与同桌也早已失去了联系，而那个年少的大大目标却实现了。

那过程的苦，唯有自知。

小北说，很多事情，真的不怕想，想得美又怎么样呢？别人眼里的"想得美"你就用行动来证明，你不光"想得美"，还"做得美"。

3

我看过一部短动画《橡果》，讲述了小橡果不甘于与其他橡果一样按部就班地在原地生根发芽，而是选择了自己寻找合适的生长点，一路上遭遇种种险阻。

短片的最后，小橡果在阳光照射下生根发芽，它觉得一切的努力都是值得的……

有个姑娘，是我以前的同事，学国际贸易专业的她，在工作之后又迷上了考古专业。她一边工作，一边看书，她又考上了考古专业的研究生。去年，她生完小孩，宝宝刚一岁，她又开始了去意大利做交换生的学习之旅。我看到照片里的她自信满满，在威尼斯大大的天空下，露出了美丽的笑容。

她在发的状态中说：

一天六个博物馆也算对得起本专业了，莫奈大师的真迹近在咫尺，全英语解说锻炼听力。

她的努力像一面镜子，照出了更美的自己。

我曾看过一个纪录片《人生七年》。

剧组选取了十四位不同出生背景的小孩，从七岁开始，每隔七年，记录下他们的成长变化：七至五十六岁。

这项历时四十九年的研究揭露了一个残酷的现实：出生影响命运。然而也印证了一个事实：人的命运是可以改变的，而且每隔七年都有一个大的转变。

Nick 的逆袭：出生在偏远山区，七岁时很自卑，十四岁对物理很感兴趣。二十一岁，他再接受采访时，已经考上了牛津。

Suzy 的坎坷：出生在富贵人家的她，七岁时，性格傲娇。十四岁时，辍学离家，二十一岁时像个叛逆青年，不信任婚姻。

二十八岁时再接受采访时，已经成家，性情也变得温和。

如果说人生头七年，奠定了我们的生命基调，那么，之后的每一个七年，你做的事情、你的态度，都决定了你未来人生的走向。

我曾以为一地鸡毛会把生活碾轧得面目全非。可当我认真体会，却发现那些琐碎的生活纹路会成为刻在我眉间心上的勇敢，带我们穿过平庸。

也正是青春留给我们的那些倔强和勇气，才让我们在最好的年纪不辜负自己。

PART ②

愿你有个自己
说了算的人生

你不需听任何语言，只需听信时间

1

12 月的阴山小城，冷风过境。

某天下午，我途经一个卖栗子的阿姨面前，闻到栗子的香味，想到多年前自己还在上学的时候，也是那样一个下午，虽然天气很冷，我裹得像一个粽子，但是心里还是暖暖的。

有时候，我在想，如果时间倒退十年，重新来过，是不是自己还是现在这个样子。

有时候，我看着车窗外的云朵和夜幕下的星辰，好像时光静止，回到最初。

五年前，我去敖伦苏木古城遗址，那是对我而言最有意义的一段旅程，不好不坏的天气，有一种"天苍苍野茫茫，风吹草低见牛羊"的壮阔。

　　一路上我听几位老师讲关于古城汪古部落的历史和突厥石人墓的传说。等到我真的身处古城遗址，见到突厥石人墓，好像时光穿越千年，顿感世界的奇妙。

　　我们去的前一天正好下过一场大雨，泥土中有清新的雨水味道，当风从眼前经过时，同行的一位老师说："曾经的豪华殿宇最终都化成了一抔黄土，再辉煌的历史，都有被时间冲刷的那一天。"

　　我们的人生又何尝不是呢？

　　从古城遗址回来的时候，车子慢悠悠地在山群间盘旋起伏着，太阳亦是如此，时而白天时而黑夜，音响里还放着许巍的歌，正如穿过幽暗的岁月，却没有半点彷徨，这就是最清澈高远的自由世界，山尖上仿佛驻留着一朵朵盛开的雪莲花，它们始终朝着太阳的方向。

2

　　一年前，微博上一个"我在洪洞修壁画"的话题，让郭佳走进人们的视野。

　　自小生长在山西的郭佳，受底蕴深厚的古典文化熏陶，对历史文物，一直有着浓厚的兴趣。甚至大学，读的也是冷到不行的文物修复专业。三年前，她到山西洪洞广胜寺，开始从事寺内的古壁画保护和修复工作。

一年250个工作日，每天都要对着冷冰冰的墙壁，修修补补。几百平方米的壁画，只能一寸寸进行成千上万的大洞小洞，需要一点点填平。手握细小的工具，一层一层填泥，再压实。毫厘之间，更不能有半点差池。每一幅壁画的完全修复，都耗时特长。阴冷的大殿，长久积藏的灰霉、毒腐，成了对身体的极大考验。无论盛夏酷暑，都得穿上厚厚的衣服才能工作。对于郭佳来说，最胆战心惊的，还有上上下下，爬脚手架。

壁画在不知不觉中，成了她的精神寄托，寺庙是真正的归宿。在那里，浮躁会离开，自己会谦卑。

她说，她会一直坚持下去，在静默的时光里，完成自己青春的修行。

有时候，时间雕刻在我们脸上的可能是沧桑，但是在我们心里刻下的，却是成长。

一个人的内心成长，才是真正的成熟。

3

在风阻系数强悍的内蒙古，很小的时候，有时候刮大风，我就在头上罩个纱巾，像极了蒙面飞侠，我时常想，如果时间能慢下来就好了。

几年前雪发短信说，她有事去了天津。她说试着也感受一下我曾经在这条路上的点点滴滴，帮我呼吸一下那个城市的空气。

突然间，我似乎有一种感动，或是对已经逝去的我的大学时光的怀念。喧闹的城市，华灯初上。自毕业至今，我的脚步就没再踏入过那座城市。我的目光有时会不由自主地穿过车窗的玻璃，望着粘在路牌上的白色楷体字。那座城逐渐淡出了我的生活，而在我的内心里，它依旧光鲜。

朋友说，年纪大了越来越不爱自拍，害怕接下去控制不住自己开始对广场舞感兴趣。

我的朋友圈里，朋友们各自忙碌着。

燕子忙着经营自己的美容院，每天从早晨 4 点的新娘化妆到晚上 10 点的美瞳线，从下午的文身到早晨的美甲，每天都累到劈叉。但是，这大概就是奋斗的意义吧，在年轻的时候浪费一点时间都会有罪恶感。谁也不会想到，当年那个不爱学习，每次考试都倒数被老师骂哭的小姑娘，如今成了大老板。

王洋忙着每天去采访，顾不上胃病三天一大犯，两天一小犯。她说，成长的一个表现，不是解决问题的能力变强了，而是哄自己玩的能力变强了。生活中所有的角色，都是偶尔客串，难得走心。

我看着这个倔强的姑娘一路有多努力，五年前第一次见她，微胖，笑起来很自然。五年后的她，瘦了十多斤，每天忙到忘了吃饭，不过依然在工作之余学英语、看球赛、听话剧，去做所有自己喜欢做的事情。

柳波晒了一张图，是在工地煮饺子的照片。这个大男孩硕士毕业，刚参加工作，专业是土木工程，他去工地开始了自己的第一份 offer，每天吃住都在移动工棚。夏天很热，冬天很冷，因为用脑过度，他的发际线已经越来越靠后，他说，看到工地的工人每天那么辛苦，就知道生活有多不易。

4

"我决心要把握每一天，享受每一天，不恐惧衰老，不害怕改变和失望，无论多少岁，都可以时尚，都可以保持天真之心，都有得到幸福的机会，只要我不放弃。"像这样的口白，常常出现在《欲望都市》每一集的结尾。每次我听到这样的话，总会生出无比的勇气。

生活中，我们总是缺少很多改变的动力。

渐渐地，我们成了"手机控"，习惯了"葛优躺"，总是被很多"鸡零狗碎"所打扰。

其实，每一天我们都在出发。

诸如此类，或许我们并不知道出发的意义究竟是什么，但是这样度过的时光，大概才没有遗憾。

有些往事就像陈旧的书信上逐渐变淡的墨迹，被生活的轨迹打湿，在发黄的纸张上洇开来，越发模糊，在这样的氛围中，那些在往事中所隐含的蛛丝马迹和难以具陈的动人心曲，突然如同煮开了的水，咕嘟咕嘟地冒着泡泡，沸腾起来。

我们都曾是内心倔强的小孩，心里住着奔跑的信仰，如同内心栽种的植物，在一座坐北朝南的小屋里，爬满了雪白的墙壁，渲染了童年嘴里轻轻吹出的泡泡糖。只是随着时间，曾经追逐的光鲜亮丽，越来越被一些质朴的东西所代替，开始欣赏那些在奔波劳碌的生活中依旧可以面如春风的笑容，喜欢虽然无家可归但却依旧活蹦乱跳的流浪狗，尊敬那些生活窘迫但却依然努力前行的人。

短暂的积蓄能量之后，想必你也会想念那些执着于光阴的顽强。在这个季节，请开启一段崭新的旅途。不管夜有多黑、风有多狂、路有多长，你就是你最好的点赞者！

姑娘，愿你有个自己说了算的人生

我们走了那么远的路，只为了某一刻与真正的自己相遇。

1

朋友苏然离开家乡去北京打拼，三年内搬了五次家。第五次租的房子墙面是她自己刷的，用非常浅的蓝色涂料，让房间里泛出浅浅的天空的感觉。她专门购置了一件大大的衣橱，音质很好的音箱，简单的设计，让自己的小屋到处充满阳光的味道。她努力工作，认真生活。

夜深人静的时候，苏然会做一些甜点，写一写自己喜欢的书法，享受和自己独处的时光。她说："无论在哪里，无论此刻的现状是什么样子，都要让自己过得对得起自己。"

后来她养了一只叫三哥的猫，养了一盆叫大花的多肉植物，有时候周末，她会在小屋里点上香薰，在小音箱的陪伴下跳健身操。有音乐，有她喜欢的动物和植物，即便在每天忙碌的生活中，苏然也特别快乐，好像拥有了一个属于自己的小港湾。

在别人觉得苏然一个人在陌生的城市漂泊，无依无靠时，她总是笑笑说："我在我自己的世界里占山为王，过得风生水起呢。"她一点都不后悔自己的选择。

如今很多姑娘远离家乡，在陌生的城市拼搏努力，那种让人充满斗志或者是孤独的过程，都是她们勇敢地选择，不放弃努力，也不降低标准，她们想要的，不过是自己说了算的人生。

2

作家杨熹文出国的时候，只带了一周的生活费，她发誓不再让父母为自己的生活买单，发誓要有独立生存以及让父母过上更好生活的能力。她在刚出国的前一两年，一边上课一边坚持打好几份工，吃泡面住最廉价的房子，一个人就算走夜路也舍不得坐公交车，在酒吧打工的时候，也曾遇到提出用暧昧要求换取学费的猥琐男人……

那样辛苦的生活，她都没想过要放弃，而是用自己的努力换来了人生的蜕变。她没有给自己留退路，她说："人生没有假设，不论做出什么样的选择，现在的选择都是最好的"。

她经历过无数个五点起床写字的清晨，会在打工餐厅的后厨，一脚蹬着灶台、一脚抵着地面读书写作，会在疲惫下班后的地铁上坚持看书，更是牺牲掉了无数个和朋友逛街、唱 K 的星期六，雷打不动地坚持运动，学习了调酒，用攒了两年的钱去学了商科。

周围很多人都问她："这么辛苦，何必呢？为什么不……"

她说："出国是一条让人吃尽苦头的路，走一寸却有近一寸的欢喜，我们可以做不同的人，但不能放弃成长，我最怕把自己的特殊性活没了。"

坚守内心的秩序，不因为外界的干扰而去自我质疑，做自己，内心愉悦，这种为自己的人生梦想买单的路上所体会的酸甜苦乐，每一份都是精神的洗礼。

3

我在自己的少年时代，很喜欢那个蹦蹦跳跳地唱着《健康歌》《我爱洗澡》的范晓萱，买过她的专辑、画报和书，那时我觉得她就是一个小仙女。

不久前，在一部综艺节目里，我看到屏幕里那个四十岁满头金发的"大女孩"笑起来温暖的样子，她和阿雅在新疆喀纳斯的黄昏与清晨，裹着一条毯子，谈青春的过往和人生的方向。

当年她甜美可人地出现在公众的视野里，当我们都以为这就是范晓萱的时候，她却用纹身、耳洞、叛逆向世人宣布了她的反抗。她并不想用虚假的人设刻画一个人人都喜欢的自己，她只想做自己喜欢的音乐。所有人都觉得范晓萱变了。但只有她自己知道，她并不是变了，而是终于做回了自己。

她用自己沉重的青春去对抗这个世界，在自己爱的音乐里倔强而执着。

她曾在日记"乱写"中写道：

我只是在长大的路上，有了自己所喜欢、所不喜欢、所追求、所放弃的东西，而这些东西结合起来，变成了全世界只有一个的"范晓萱"。

没有对错，没有超越或落后，那只是一个人的喜恶而已，而我期许的，就是舒服而安心地当我的"范晓萱"。

在范晓萱看来，是不是能够得到外界的认可，那不是自己能够把控的。对于她来说，或许唯一可以把控的事情，就是努力做自己。她把四十岁当作新的二十岁，活得坦诚炽热，平和真实。

认同每一个生命阶段的自己，永远保持充盈的力量感，你走的每一步都算数。

4

蒋勋老师曾写道："我相信，美是一个自我的循环，美到最后不管你是富贵，或是贫穷，有自我，才有美可言。如果这个自我是为别人而活着，其实感觉都不会美。"

做自己这件事，从来都很难，但再难也要坚持下去。不要怕前路有多少艰难险阻，不要怕要与全世界为敌，不要怕不符合他人的期许，怕就怕我们总想要成为别人眼中的大多数，却从来没想过要成为自己。

一个姑娘最好的样子，就是懂得人生不止一种活法。这世界上没有一种生活方式需要被质疑，千万不要遗憾地变成别人希望你成为的样子，而是要变成你自己喜欢的样子，过你自己打算过的人生。

不要让别人左右你的人生，而要让过去影响你的思绪。事实上，任何的限制都是从自己的内心开始的，我们真正需要勇敢面对的，是自己的内心。

向阳而生，步履不停。只要爱与阳光都在，就永远怀揣希望。

愿所有姑娘都拥有一个自己说了算的人生。

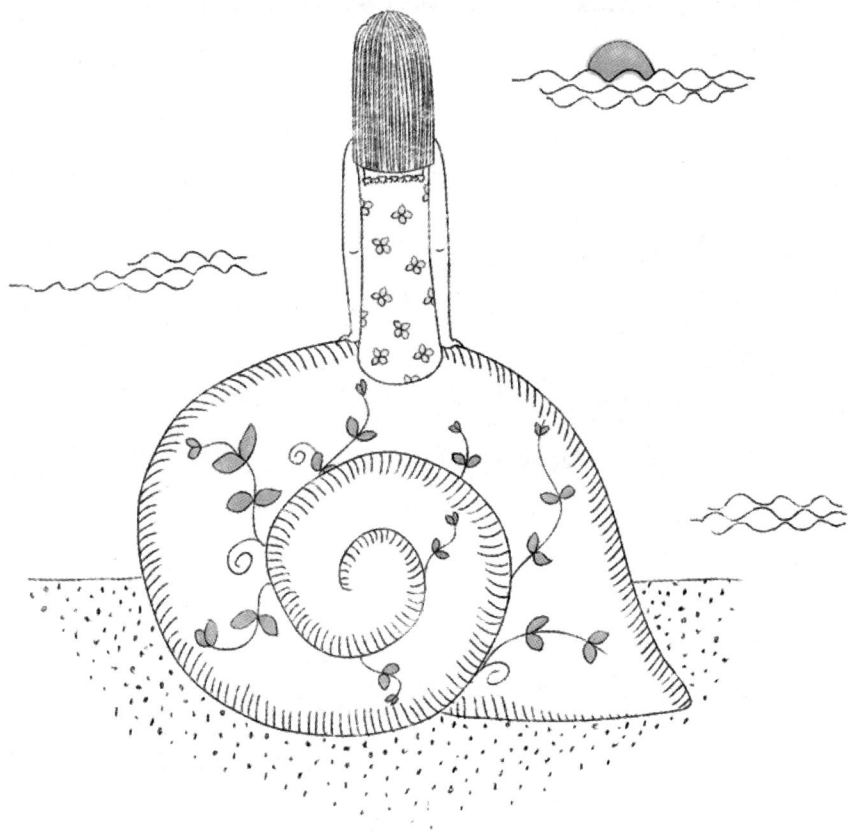

戒掉总是随随便便就放弃的自己

1

健身五分钟，"好累呀，坚持不下去了。"这是我的口头禅。

我总是在健身前信誓旦旦地说："这次我一定要好好坚持，做一个内外兼修的女子。"

可是在做了一组平板支撑，连一滴汗都没来得及流的时候，我便放弃了。

晚饭前，内心坚定地想：这次一定少吃点，保持好身材。

晚饭中：这么好吃，再多吃几口，吃饱了才有力气减肥。

晚饭后：吃撑了，明天再开始运动吧。

就这样日复一日地拖延，期待着夏天能穿进去的短裤，等了一个又一个夏天，自己心仪的短裤还是没有机会穿上。

曾看过一篇文字说：我讲过最不求上进的人，为现状焦虑，又没有毅力践行决心去改变自己，三分钟热度，时常憎恶自己不争气，坚持最多的事情就是坚持不下去。尚未拥有百毒不侵的内心，却提前丧失了热泪盈眶的能力。

我们很多时候，都会轻易放弃一件事，放弃无数计划，放弃哪怕一个简单的行动。

好听的话我们都会说，但是做起来很难。

小A说："几年前，我到北京六医院去看病，怀疑自己人生的失败是因为抑郁症、人格分裂或其他。经过五个小时的上机测试和接下来几个星期与咨询师的交谈，诊断结果出来了。大夫高兴地拍着我的肩膀说：'祝贺，你的精神完全正常，你人生的失败是你自己先放弃了自己。'"

小B说："一位强者精神崩溃了一下，大家都说，即使是意志很强的人，看起来很理性，其实内心也是柔软的，渴望着生活的温暖。强者可能几年才崩溃这么一次，那些弱者，是每天稍微一加班就崩溃，有点压力就受不了，只想让自己过闲适的生活……"

那些早早就放弃了自己的人，在生活面前总是不堪一击。

2

很喜欢黄渤在《痞子·戏子·厨子》里的造型，头上的小辫一扎，那一刻我觉得那个角色真帅。

有人评价黄渤是"三无"产品：无身高、无颜值、无肌肉。

有人说："长得丑，就要多读书。"可是长得丑的黄渤，小时候的梦想是当个歌星。20世纪90年代初，中专毕业的黄渤南下广州，签约了一家唱片公司，想要大显身手，一展抱负。

可是最后他连台都没怎么上，原因就是长得太丑。

签约唱片公司的路走不通，黄渤回到青岛组建了一个乐队。走遍了大半个中国，没有任何回响，黄渤又只身来到北京，晚上在酒吧驻唱，白天骑着自行车，四处推销自己录制的唱片。

别人火了，又过气了。来来往往那么多回，可黄渤依然什么都没做成。

真应了那句话："有时候不逼自己一把，不知道事情还可以更糟。"

后来黄渤回了青岛，在家人的帮助下，做了皮革厂的小老板。那时候的黄渤，觉得自己的人生应该就那样过下去了吧。

然而1998年，亚太金融危机到来，黄渤的皮革厂倒闭了。他的人生又回到了起点，在发小高虎的推荐下，黄渤参演了电影《上车，走吧》。

有了第一次，黄渤索性准备就在这一行发展。

年近三十岁，他却准备报考北京电影学院表演专业。

前两年，他都失败了，第三年，他终于考上了。

刚开始，黄渤的演艺生涯并没有什么起色，有的作品甚至连台词都没有，观众根本记不住他这个演员。

后来，黄渤通过自己的努力，一步一步被观众认可。他在拍《斗牛》时，造型极脏，牵着一头牛在山上来来回回奔跑，鞋子都跑烂了十几双，累到呕吐，最后片子杀青的时候，黄渤在车上大哭：原来，一切真的都会过去。

我们看到如今闪闪发光的黄渤，因为他每时每刻都没有放弃过自己，有一种光芒，是冒险与折腾出来的。

输了有什么了不起，大不了，从头再来。

3

不随随便便放弃，首先你要学会独立和自信。

当一个人有独立的人生价值观的时候，他愿意去尝试人生中的那些未知和挑战。

而当一个人有了更多的自信的时候，他也会更勇敢地去坚持。

从小到大，我们听到最多的几个字就是"坚持就是胜利"。

懂得坚持的力量，你就有更多支配人生的欲望。

每一段路程，你都必须学会接受孤独。

我记得之前看过一则新闻。

一个俄罗斯姑娘，从小到大都是一个不折不扣的胖妹，被别人取笑过，被坏小孩欺负过，不敢穿美美的裙子，甚至走路都不敢挺胸抬头，面对自己喜欢的人，暗恋就是做过最勇敢的事。那个姑娘就是那样，身边一个朋友也没有，只能默默地看书，每天放学回家都会大哭，不想上学，不想社交。毕业舞会上，没有人愿意和她说话或者邀请她跳舞。

终于，她下定决心改变自己，戒掉垃圾食品，联系专业的营养师，健康饮食，游泳、跑步、健身，各种锻炼，各种自制。除了运动之外，很少出门，这样闭馆死磕的生活，她过了整整三年。

现在的她，仿佛回到了世界舞台的中心，以前奚落过她的人也纷纷地赞扬她。她在自己人生变得更糟糕之前，实现了漂亮的逆袭。

我们的人生只有短短的几十年，我们此刻轻易地放弃，都会成为我们今后虚度光阴的见证。

你一个人的勇敢，胜过千军万马

1

戴上耳机听歌，听到一首《你曾是少年》：

许多年前，你有一双清澈的双眼，奔跑起来，像是一道春天的闪电，想看遍这世界，去最遥远的远方。

我们就是这样在时光的火车站不停地出发、前行，到站、出发……我们总是很容易被时光所困扰，我们也曾羡慕山南海北的风。我们的心啊，总是想着诗和远方，流连于广袤无际的海面和那片我们用心种植的森林。听得到微风轻响，舞步轻扬。

所以当有人跟我说"我感觉自己老了，真的怀念读书那会儿的自己"或者"世上无难事，只要肯放弃"，我总会想那只被称为"猪坚强"的猪。在地震中，这只小猪在废墟中靠木炭饮雨水存活了36天并最终获救。

猪都坚强，我们为什么不能勇敢一些？

谁没经历过那些低谷的人生呢？一个姑娘说，在北京漂着，有时候会突然想要放弃，老家的哥哥对她说："回来吧，你心浮躁了，你忘了你是谁。天安门和你有关系吗？你旁边的万达和你有关系吗？你以后在那永远没有家，你只是看到了北京的幻想。"她每天天还黑着就坐几个小时的地铁去上班，晚上很晚才到家，可能除了周末从未见过白天是什么样……

这个城市是怎样的繁华，或许我们从未真正看见过。

2

在我们的双眼还没有见识到更大的世界之前，请再坚持一下。

我想起《爱乐之城》那部电影。爱乐之城，首先是一封情书，写给洛杉矶，也写给所有我们热爱并生活、奋斗在其中的大城市。

影片中的男主角，是一个穷困潦倒的音乐人，在最落魄的时候连汽车保险都买不起，连给公寓换门锁的钱都出不起，他最大的梦想是有朝一日开一家自己的爵士酒吧。女主角则是一个长相平平、没有关系、接不到戏的新人女演员，平时为了维持生计在咖啡馆做女招待。她一次次去试镜，一次次被毫不留情地刷了下去，有时甚至刚开始说两个字就被叫停。最绝望的时候，她甚至失去了再去试镜的勇气。

后来男女主角恋爱了，两个人一起去男主角喜欢的爵士酒吧跳舞，他在咖啡厅等她下班，所有的幸福都来得丰盈、充实。

后来，他们都获得了他们想要的成功，可是为了那份成功，他们都付出了爱情的代价。有人说，这部电影也是一封告别信，写给人生中所有遗憾、所有不完美、所有不得不放弃和无奈错过的人。

梦想和爱，我们生活中永恒的主题。

朋友L最近升职加薪，她终于努力到自己一直想要的那个岗位。

高中时她父母离异，读大学的时候她就开始边读书边打工，我们都说她是独立小超人。她也总是在朋友圈晒出美美的照片，可是我知道，她的每一步都走得很辛苦。有一天她和我聊天，她说："凌晨5点火车驶入火车站，我拖着疲惫的身躯和一颗几近破碎的心随着人流出站。零星的雨点打在我身上，我不争气的爸爸病了，我度过了人生中最漫长的两天三晚。爸爸没有责任心，没有老婆，没有工作，没有积蓄，一屁股债。三十而立的我，婚姻生活并不是那么幸福，在家带了两年多孩子，刚出来工作，一切都没有步入正轨，老公不细心也不关心人，所有家里家外的压力让我倍感无助。而我又不得不告诉自己，理清思绪，一件一件来，外部任何的干扰只会让我更坚强。"

千难万险的路上，我们都曾以为自己孤身一人，但其实浓烈的阳光下衬着的，是一样的不曾放弃前行的心。

3

你要相信努力可以带来好运气，相信用心可以交到真感情，要深信善良是个好东西。

虽然有时候，我们总是容易迷茫和焦躁，可心里头，却是想要一鼓作气向前努力，可现实总是再而衰，三而竭。与其如此，不如就用心承受。因为，生活坏到一定程度无法再坏，一定会越来越好。

其实幸福很简单，只是它的样子有很多。

有个姑娘，在好几个月的时间里，每当她看到一些很可爱的画面，她都记录下当下那个幸福的样子：在车门关上之前最后一秒上车是幸福的，永远不坐过站是幸福的，不加班是幸福的，不因为别人工作进度的落后而加班是幸福的，几天不吃肉突然吃到肉是幸福的，一个人吃完一包薯片是幸福的，和喜欢的人吃完一包薯片也是幸福的，能自己慢悠悠地做一顿饭不怕浪费时间是幸福的，有人给自己做好吃的饭也是幸福的，在高峰期的时候上了地铁发现还有空位是幸福的，看见走路不稳的老人上了车有人给让座也是幸福的，在上学的公交上和妈妈一起玩剪刀石头布是幸福的，可以买到便宜好吃的早餐也是幸福的，明明觉得自己挤不上公交车却被身后的人推着挤上了车有时候也是很幸福的，地铁上累了身边有一个肩膀可以靠着是幸福的，看见祖孙二人一起玩消消乐是幸福的。

世界只有一个，就是此刻压迫着你的这个，你也只在这一分钟活着，就是此刻这一分钟；而唯一的生命之道，就是接纳每一分钟，视之为独一无二的奇迹。

4

真正的成功，是在你的泪水和汗水融合之下，在你内心最坚强的地方。

你是你自己，哪怕在最初最累的时候，哪怕在最光鲜最耀眼的地方。

你一个人的勇敢，胜过千军万马。

时光总是会给我们奖励，给我们很多故事，那些故事像是我们人生这本书上的插画一样，渲染了我们所有的美丽。

我们必须承认，努力的过程真的很辛苦，并不是所有幸福的终点都是安静的，就像是一场马拉松的终点，可能过程很累很累，你感觉自己要放弃了，但是你周围有鼓励、有掌声、有你的意志，所以你一定会坚持到最后，哪怕在冲刺的那一刻，腿已经沉得迈不动脚步，但是你心里有个声音告诉你，终点就是最大的爆发。

虽然有时候你觉得自己平凡得像是一粒微尘，觉得除了年少轻狂一无所有，但其实你自己就是上天最好的作品。

这时候，懂得取悦自己的能力比什么都重要。那些面对生离死别，身处潦倒之时的人们，请你咬牙坚持一下。生命之中，这些时刻因为你的坚强而变得更有意义。

朱德庸说，看清楚这个世界，并不能让这个世界变得更好，但可能让你在看清楚这个世界是个怎样的世界后，把自己变得比较好。

"我们都得一步一步成为更好的自己，就像是一个台阶一个台阶地往上走，总会走到你想要看到的风景面前。"

不要总做别人生活的观望者。你自己就是最好的风景。请你和阳光一起，变得让人着迷。

不断学习的你，酷毙了

1

有个姑娘说："我一直以为我奶奶是个普通的退休家庭妇女，每天操持家务，宠爱儿孙，勤俭持家。奶奶今年八十多岁了，个子不高，皮肤黝黑，穿着朴素，和菜市场卖菜的老奶奶外表无异，平时去饭店和商场之类的高档消费场所会遭受势利服务员白眼。后来，偶然在 CCTV 某台纪录片中看到，奶奶退休前竟然是导弹专家，负责各种地对空、空对空导弹的研发和试验。奶奶以前没有对任何人说过这段往事，家里人也以为她做的是简单的文职工作，最近几年保密期过了，她老人家才透露给我们。"

这让我想起一个帖子：江湖卧虎藏龙，你永远不知道你身边的陌生人的能量有多大。

A 说："有次深夜打车，司机趁夜色找了一张假币 20 元给我，我只摸了一下就给他扔回去了，'哥们，我干了两年的银行柜员。'"

B 说："在健身房的时候，练着上肢，一个私教来推销课，问我：'你知道手臂有哪些肌肉吗？'我说我知道，然后把它们的名字报了一遍，教练说：'你也是搞健身的吗？'我说'差不多吧，我在骨科。'"

C 说："我有个动物学老师有次吃烤鱼，点的是青鱼，上来一看不对，明明是草鱼。找老板对质，老板当然不认，老师说：'你知道我是干什么的吗？我是学动物的，你看这个，'老师挑出一块骨头，'这个叫咽齿，草鱼吃草的，咽齿就像是梳子一样。青鱼吃螺丝，咽齿像个磨子。'然后老板就给免单了……"

我突然想到一句话：知识就是力量，你低调的资本是你可以随时高调起来。

2

托马斯·科里花了五年时间研究了 177 位自力更生的百万富翁的日常习惯。

这些百万富翁经常阅读、坚持锻炼、结识其他成功人士、追求自己的目标、坚持早起，有积极的人生态度，他们不从众、帮助其他人成功、寻求反馈。

我们面前的情况不断变化，所以我们必须不断进步，学会不断思考。

薇冉相貌平庸，全职妈妈，在生了两个孩子之后，身材严重走形。她越来越胖，皮肤越来越差，没有工作，婚姻也走到了尽头。虽然只有三十五岁，生活对她来说真是乏善可陈到让人绝望。

三十六岁这一年，她成为一个大龄单身女人。她开始自学英语，笨拙的她总是一个单词一个单词地背，不敢大声练习口语，好像没有一点起色。

可是她心里一直有个声音对自己说：再不给自己一次重新开始的机会，就老了。所以她咬牙继续坚持自学，慢慢地，一切都变了。她可以简单地和别人对话，可以熟练运用语法、句式。不知什么时候，她竟然可以和陌生的外国人流畅交谈，两年过去了，她的状态像年轻了十岁。

当她穿着职业装重新走上工作舞台的时候，她觉得自己再也不是过去的那个消沉的家庭主妇了。不断努力的结果，就是收获自信，收获一个崭新的自己。

把学习当成习惯，也就不再有人生的难。

真正的终身教育，就是让你成为最好的自己。

我们之所以不停止学习，是希望人生在世有更多自由和可能。

不断成长，才是对平庸生活最好的赞赏。

3

有时候，迷茫不过是我们想要的太多，而储备的又太少。

一个人一辈子，就是一个不断提升自己的过程，你要开发自己的无限潜能，你要更好的认识这个世界，你要不断地学习。读书、旅行、丰富自己不需要刻意，只需要坚持，你做的每一件事情，都会让你领悟，丰富自己，比取悦他人更有力量。

不要羡慕别人取得了怎样的成就，也不要感叹自己的卑微。在为别人鼓掌的时候，也请为自己鼓掌，给自己一些力量和自信，说不定低调的你，也会因为这些知识储备变得高调起来呢。

愿你懂得经营自己，优雅又从容

1

我在一个健身的公众号看到周翠华的健身故事。她是一个生了四胎、已经年过四十岁的妈妈，可看到照片里的她，哪里像四十岁，更像是二十岁的样子。

然而，曾经的周翠华却是一个身高 163 厘米、体重 170 斤的胖大婶。她曾是一本宠物杂志的插画师和编辑。工作性质加上本身的易胖体质，她在生大儿子的时候，曾一度胖到了 188 斤。在她三十五岁的时候，怀上了老四，体重也保持在 170 斤。

回忆起那个时候，她感觉自己走路都困难，就像是坏掉了。

直到有一天，去餐厅吃饭的周翠华发现，自己根本就进不去座位。那一刻起，她下定决心要减肥，要改变自己。

因为体重实在太重了，她决定先从减脂开始。首先，她准备了一本日记本来记录体重，并且找出体重增加的原因。控制饮食是痛苦的，效果也是立竿见影的，很快她就发现她变得轻盈了。

她开始运动，先从有氧快走开始，每天坚持三十分钟，然后就开始慢跑，让身体一点一点适应。

终于，她用五个月的时间，减掉了 42 斤肥肉。瘦下来之后，颜值和身材都回来了。

作为四个孩子的妈妈，她从来没有拿孩子当借口，甚至鼓励孩子和自己一起运动。

现在的周翠华，仍然是杂志的编辑、插画师，但也有人找她拍广告、做代言。这一切，都是因为她当初决定要改变自己，并且坚持了下来。

2

有人说，你们不要怀疑，这就是一个看脸的时代，你要时刻提醒自己做一辈子的美人，从修炼自己的脸开始到修炼自己的内在，真正的美人是永远有人爱的。

并不是说胖就不美，变美和经营自己是一种态度。

Kerry 最胖的时候有 230 斤，最瘦的时候 98 斤。她说自己体重虽然有变化，但是不变的是对生活热情不减的内心。

Kerry 是一名化妆师，她说她出生的时候 8 斤左右，小学毕业的时候 160 斤，初中毕业的时候 180 斤。同学说，"坏人来了不要紧，把 Kerry 扔出去就行"。说完这句话的时候她哈哈大笑说："没办法，我的身材就是别人的笑料。"

后来她瘦到 98 斤，又胖到 230 斤。

Kerry 从小学习不好，她觉得自己从来没被人认可过什么，唯独在化妆这件事上她被很多朋友认可。后来她和朋友分享的多了，很多朋友都愿意向她咨询化妆的细节，于是她开了自己的美妆小栏目。

她的朋友说："胖人也可以很美，你的气质带给你内在的一个自信上的提升。"

Kerry 说："可能有人觉得我不美，太胖了，非常油腻，那可能我不是他喜欢的款，我不会要求对方说，你不能看我的外表，只能看我的内心。其实我也是个看外表的人，我小的时候不断地减肥，不断地复胖。现在的我其实也有在减肥，但是不会像之前那么急功近利地去减肥，现在我的高兴不取决于别人，而是我自己的内心，永远保持一颗对生活热情不减的心。"

3

有人说，我们哪有那么多时间去好好经营自己，我们很忙。

是的，我们很忙，我们把宝贵的时间都献给了工作。有时候，我们不懂得善待自己，总舍不得买贵的化妆品，穿着廉价的连衣裙，放纵自己的体重。但是，你要在变老之前，做一些有趣的事儿。

陈意涵三十岁生日的时候，她和闺密张钧甯，一起到海里裸泳、扎辫子、全世界倒立……

陈意涵说："勇敢是什么？对我来说，敢奋不顾身地去爱去流汗，敢被讨厌，敢接受事实，敢一个人很快活，敢两个人不怕受伤，敢毫不犹豫地起床，敢说到做到，敢冬天洗冷水澡……好多好多，但真正我坚持的，还是要有被爱和被抛弃的勇气。"

而张钧甯参加《跟着贝尔去冒险》，攀岩、跳湖、吃虫子、吃老鼠，只有你想不到的，没有她不敢做的。她说：即使一百次里面能看到一次不一样的自己，那这一次就可以抵消你九十九次的丢脸，那么这一百次都是值得的。

张钧甯去南极、到西藏，她还有一个 to do list，她去世界各地，上天入海，不停地完成自己想做的事，人生只有一次，她要经历不一样的冒险。

　　而这样的独立是需要时光和岁月的努力积累而成的，我们的人生需要不断圆满，所以即使你现在还没有变得那么好，也请在前行的路上，不断努力。

4

　　愿你懂得经营好自己，优雅又从容，不论年龄几何都有执着变好的疯狂与勇气。做自己想做的事，看自己想看的风景。对得起时间，对得起自己。

　　有一位年过四十岁的女人说："我修饰自己的弱点，我最大限度地显露自己的优点，那是我的修养，不是我害怕面对真实的自己，我再不会因为没有一张面具遮挡就觉得羞于见人。失掉了年轻优势的我，终于突破年龄施加给我的束缚，我认认真真活在现在的光阴里，享受这一刻所有的我。"

　　时间走得很快，要知道，当你经营好自己，你以为那些跨不过去的坎、收不到的回头率，都会在那里，等着你。

　　所以，请你为了自己再勇敢一点，感受风雨，也酿造花香。

　　人生有那么多美好，用心而活，最终你的眼里眉间，都会变成你喜欢的模样。

　　如果岁月有耳，你所有的改变，他都听得见。

过好每一天，都是有用的

1

我和黑豆豆去家门口的小咖啡馆喝下午茶，看到黑豆豆风风火火地来了，她说："见面好累，还得洗头，以后不要见面了。"然后她哈哈大笑。

我看着眼前身着淑女裙、脚踩小高跟的黑豆豆，突然想起五年前刚认识她的场景。刘海太短，而且头发明显出油，一缕一缕的，层次分明。那时黑豆豆是报社的实习记者，和我讨论一个新的选题。

黑豆豆穿着大马丁靴，小碎花衬衫配着运动裤，见到我之后，她尴尬地挠了挠头说："刚换了一个新发型，剪之前想换发型，剪之后想换脸，每次理发，理发师都给了我一种新的丑法……"

我打趣地跟她说："你这整个行头看起来很与众不同。"然后就看她笑得前仰后合，她说："你是说我清新脱俗吧，哈哈……"连她的笑声都充满了大蒜的味道。

聊了一会儿，她说，感觉自己每一天都过得乱七八糟。每天没有计划，每天房间里的衣服就像是货仓现场，找衣服都是用手到处刨，刨出哪件就穿哪件。饮食也没有规律，经常到处跑新闻，随身携带的都是饼干和面包，吃得脸都快和面包一个样了。头发经常顾不上洗，因为她要节省时间，她说要用更多的时间去跑新闻。

那时黑豆豆的生活理念是：现在生活的"忙乱差"一些都是为了今后的锦衣玉食。

促使黑豆豆改变的是她参加工作第三年发生的两件事。

第一件事就是她去采访一个写书法的大家。

她的印象中，书法家男士居多，而那天她见到的是一名女书法家。

她们在一个茶室进行访谈，见到女书法家的时候，黑豆豆就被她的气质所吸引。女书法家身着旗袍，旗袍颜色并不艳丽，但是在领口和袖口都做了精致的处理，精致的淡妆，简单的盘发，优雅庄重。好像还未开口说话，整个人的气质就展示出来她的生活状态。

而黑豆豆看了自己，好像除了干练之外，没有任何亮点，"干练"也是她自己总结的"干劲十足也得备受磨炼"。

那天采访结束后，女书法家告诉她，生活不会等我们都准备好才能好好过，计划永远赶不上变化，所以要把每一天都当作是诗和远方。

2

第二件事是家人安排黑豆豆去相亲，黑豆豆也觉得自己到了恋爱的年龄，还特地打扮了一番去赴约。

男孩斯斯文文的，见到黑豆豆的第一面并无反感。

可是在第二次约会的时候，黑豆豆迟到了，她急匆匆地赶到约会地点，男孩正在打电话，她无意间听到了男孩和朋友的对话："那个姑娘样子还行，但是服装搭配太没品了，而且除了工作好像没有其他兴趣爱好。我觉得她很无趣，今天来和她说明白好了。"

黑豆豆忍住眼泪，默默地从旋转门走了出来。

虽然出旋转门只需要走几步，可是黑豆豆却觉得自己走了几千米。

她没有怪男孩太直接，也没有大吼大叫发泄情绪。

她只是突然平静下来，她认真回想着自己每天的生活状态。

好像除了工作和吃饭，自己其他的时间都用来重复，真应了那句话：吃饭为了活着，活着就是为了吃饭。

她原本想着用几年的苦日子，去换光鲜亮丽的人生。

可是，她现在改变的除了年龄，其他的好像没有任何进展。

那一刻，黑豆豆决定改变。

她制订了详细的计划。

首先改掉了睡懒觉的习惯，每天6点起床，半小时健身，半小时阅读，7点吃完早餐去上班。

晚上忙碌完回家，自己学习烹饪，做简单的饭菜，然后敷面膜、学服装搭配，周末看电影、健身，以及和朋友一起去采风。

两年后，当黑豆豆拿到他们组里的"先进记者"称号，站在领奖台发言的时候，她说最要感谢的是，这几年生活教会她如何珍惜和分享生命中每一天的好时光。

如今，作为"奔三少女"的她，已经能够踩着10厘米的高跟鞋健步如飞，一口气做200个仰卧起坐面不改色。

而她对服装搭配也越来越得心应手，整个人都像是重新发芽的小树苗。

她也学会了收纳和整理，不再每天乱糟糟。

她说，现在收拾好的不仅仅是自己，还有心情。

3

所以，过好每一天，都是有用的。

一个人如果整天把生活过得乱糟糟，又不肯改变，只是在原地抱怨，那是徒劳的。

哪有什么岁月静好，现实都是大江大河，所谓岁月静好不过是麻痹自己的借口。

可正是因为没有那么多的岁月静好，我们才更应该努力地把每一天都过好。

看过一个小短片《你永远也不会准备好》：你在害怕中坚持的越多，你就会发现越多的自由。

你需要思考和行动起来，就像是力挽狂澜者，那意味着，更新你的大脑，用最好的书籍、最好的想法、最好的对话，关上电视、清除那些否定者，停止八卦、开始创造。你变成了一个创作者，把你的胆量记录下来，到生命最后一刻，你后悔的不是失败，而是没有尝试自己喜欢做的事情。别再问你自己你是否准备好了，因为你没有，你要换成另一个问题：你愿意吗？你愿意开始工作，你愿意活在烂泥中吗？你愿意放弃那些你曾认为很重要的东西，只为了那一件你真正热爱的事情？

　　当你懂得尊重生活,认真经营好自己和生活的时候,你会发现,你美好的心境会还原生活最美好的样子。

　　就像作家庆山说的,人尊重自然和天地,心有敬畏。有了敬畏,就有了恭顺、谦逊、温柔和克制。所能得到的情感和愉悦的源头,就像一条浩荡大河,源源不断,稳定端庄。

　　让我们将人生这一路山水,统统收纳眼底。

PART 3

行走江湖，带刺的
善良会更好

行走江湖，哪有那么多眼泪要流

1

珊瑚在二十五岁时写过一篇日志：

二十八岁前，考过 CPA，独居单身，从事财务工作，开一间小书店。有一间属于自己的房子，不需要很大，五六十平方米，卧室阳台种着向日葵，有巨大的落地窗，圆床温暖，床边有通顶的大书橱，书随时可拿，墙上是自己的画、海报还有照片，枕边耳机、眼镜、纸巾、耳塞、眼罩、夹子、镜子、手机都是一手即能够到的状态。冰箱里塞满了牛奶、碎碎冰、芝麻糊、火龙果……

如今，二十八岁的她。

每日清早，闹钟一响，睡眼惺忪摸了手机就起床，被子懒得叠，租住在一间 30 平方米的小房子里，有一张折叠床，一个二手小冰箱，里面是快要过期的牛奶和方便面，还有两颗长毛的猕猴桃。

这种生活和她之前幻想的有异曲同工之妙，异的是好像处处相同却又不同，妙的是曲折太多。之前幻想的白天是完美得体的白领骨干形象，干练稳重，在职场披荆斩棘，勇猛无敌。晚上，回家自己洗手做羹汤，或是出门找乐子。

现实是，白天被职场的钩心斗角和工作的压力压得喘不过气，像是在雾霾中呼吸的植物，耷拉着身躯，成了勇猛的敌敌畏。晚上加班时，随意吃口饭；如果不加班，就瘫在出租屋的小床上玩手机，累到甚至都懒得呼吸，屋子里最大的动静就是厕所马桶里的冲水声。

曾经想着泡在浴缸里和闺密煲电话粥，敷个面膜，做做运动，在书桌前看书，如今变成了和父母通话，变成了隐忍的委屈；之前想着睡前泡一杯牛奶放在床头柜上，手里捧着自己心爱的书窝着看一会儿，然后慢慢睡着，现实是工作一天穿着职业装、高跟鞋，脚底早已疼得顾不上看书……那样浪漫的情节，真的只是想象啊，每天睡前都在准备着第二天的工作计划，泡牛奶的时间都成了奢侈，而且如果你脑海里想象着第二天老板的脸像是奶牛一样嗤着大鼻孔，你根本就喝不下牛奶。

虽然生活乱糟糟，但是珊瑚还是会在周末的时候把小屋收拾一下，认真去看一本书，手机里放自己喜欢的音乐，在小屋里弄点香薰，整个空间里弥漫着清茶淡淡的香味，阳光洒进来安逸而温暖。

她扎个马尾素面朝天，穿着便宜的大 T 恤，甩着大腿赤脚在家里的地板上听音乐。

2

工作六年，三十一岁的她终于攒够了买一座小房子的首付。

看好房子，准备搬家的前一天，她看了看自己这几年生活的地方，充满心酸但是又充满幸福。周末的时候，她背着大大的双肩包，去郊外一家收留流浪狗的爱心之家送狗粮，三十一岁的她也去了西藏，看到最纯净的天空和流云，看到一路叩拜的虔诚老人。

她想起之前自己生活的那几年，那种来自很多人眼里的轻视，不需要对你破口大骂，不需要对你嗤之以鼻，不需要对你置若罔闻，一个很小的举动，一句很随便的话，足以将人的自信打至谷底。她所在的广告公司，每次分组，她都是最后一个找到组的；每一次分配任务，她都是负责整理 PPT；每次演讲，她不是只讲开头那句"大家早上好"，就是只讲最后那句"谢谢大家"。

有人说，一事无成的人，没有真正的岁月静好，实力决定一切。

要被人看得起，就要有别人没有的实力，这种实力，包括承受得起这种轻视。不要去恨别人，不要自个儿坐着掉眼泪。珊瑚试过，很多时候，当你站在别人的立场，你也许会做同样的事情，那就释然了。

她已经记不清楚，她一个文科小妹，熬了多少个夜晚才考过专业等级证书；她已经记不清楚，在她赶着把一个报告写完的时候，电脑却坏了，她要把几十页的东西在一之天内重新再写的时候，她是怎么挺过来的；多少次，她拿起电话打给爸爸妈妈，却什么都说不出，就只是撕心裂肺地哭；多少次，她受尽冷眼还必须一笑而过。

但是珊瑚说过，我的梦想，不能忘。

3

有人说，你当你是少年维特啊，维特的烦恼之所以迷人，那是人家名字前还有"少年"两个字。你要是混到中年，住不起房，开不起车，没有说走就走的魄力和资金，天天对着现实哼哼唧唧，谁会去聆听你那"淡淡的忧伤，深深的迷茫"！

我在手机里看到吴莫愁的演讲，那个齐刘海、大红唇的姑娘如今变成了另一副样子。吴莫愁说，作为一名 90 后女歌手，别人说她丑出了品位，丑出了自信，丑出了世界。有媒体评出"亚洲最丑的 20 名明星"，她"力压群雄"获得了"亚洲最丑第一名"。她说，完美的父母生下了并不完美的她，让她懂得要为不完美的人生去努力奋斗。她夸张的造型和独特的音乐让她一夜爆红，超乎常人的工作量，杂志、广告，甚至一天飞三个城市，以及那些迎面而来的批评和谩骂，她曾经因音乐而骄傲的自信，完全不见了。在精神和身体双重疲惫的情况下，她迷失在那些攻击性的文字里，她不敢看手机，也不敢看评论，突然之间，她惧怕登上舞台。她知道了她的心病，但是也知道只有自己能帮自己。如今，她剪去了压了自己三年的长直发和齐刘海，剪成了自己从小就很喜欢的短发。喜欢怎样就怎样，重要的是，她重新找回了曾经最牛的那种自信，怪也好，丑也好，这都是我自己的风格，不做第一，只做唯一。

薛之谦说，这个世界本身就不公平，但是也因为这些不公平，让我们努力变成自己喜欢的样子；也是因为那些一地狼藉的生活，让我们更珍惜此时的岁月静好。

哪怕是多年以后，我们依旧在为菜市场的菜价斤斤计较，但是也不能忘了，我们曾努力前行，为了放下筷子说话的时候，别人都不敢夹菜，为了在 KTV 点歌之后别人不敢顶下去，为了在你夹菜的时候别人会主动摁停桌子，为了打牌的时候不用故意输……

生活再艰难，只要心有梦想，全世界都会为你鼓掌。

活着不是靠泪水博得同情，而是靠汗水赢得掌声。

既然认准了一条路，又何必去打听要走多久

1

三年前，乌兰牧骑演出团归到了我们单位局机关，演出团里好多人都是吹拉弹唱、舞蹈、主持、演出样样精通的人。

以前我总觉得那些多才多艺的人大部分都不食人间烟火。

刚见到他们的时候，我依旧那样觉得。

在全系统开会的时候，我总会看到他们，那些在舞台上闪闪发光的人，其实在生活中也很光彩动人，他们的衣着品位和那种自带的气场真的很强大。

那时觉得他们的生活真的是丰富多彩，而且活得好光彩。

后来接触多了，我才知道她们在台下付出了很多辛苦。

为了准备一场演出，他们反复排练很多遍，每一个表情，每一句唱词，每一个手势，都必须精准到位。而且遇到大型演出人

员不够的时候，他们往往要扮演很多角色。

我记得在夏天有一场大型群众演出，整场演出持续四个小时，他们一会儿是伴舞、一会儿是歌手、一会儿是小品演员、一会儿是搬道具的工作人员，也可以是人肉背景。

那场演出结束后，我问他们团里年龄最小的姑娘："你们经常这么辛苦吗？"

她笑了笑，说："是啊，这是我们经常遇到的，已经不觉得辛苦了。"

2

那个小姑娘在演出途中下台的时候不小心崴伤了脚。可是在接下来的表演中，她依旧咬着牙坚持上场。

小姑娘说："能成为一名好的舞蹈演员一直是我的梦想，虽然有时候我们演出，观看的群众并不是都能理解我们编排舞蹈的意义，但是站在舞台的那一瞬间，我就知道，这是我愿意一直坚持下去的一条路，有时候我们下乡演出，有时候会连着好几天，睡觉都几乎在帐篷里，吃的都是快餐，甚至都没时间吃饭，很多人都患上了胃病，虽然有时候很苦，但是在演出途中也最快乐。"

我脑海中的不食人间烟火的喝露水的人，恰恰是最接地气的一群人。

他们团里有一位年龄稍大的大哥，四十多岁，我们一起下乡去农家书屋的时候，他腰上戴着厚厚的护具，他说自己有严重的腰椎间盘突出。

他说，都是年轻时跳舞让腰部受到了重创，那时合作的女伴有的很胖，但是双人舞有时候需要把对方举起来，所以他总是用尽"洪荒之力"在舞蹈表演时举来举去，然后腰就越来越疼。

到了四十几岁，他因为腰伤再也不能跳舞了，但他依旧没有放弃舞台，而是男扮女装扮演起了小品里的小脚老太太的角色。因为有舞蹈的功底，所以在扮演老太太的角色时，他的动作表情都很到位，每次演出都能赢得观众的掌声。

还有一位个子不太高的声乐老师，吹拉弹唱，各种乐器都精通，他有自己的工作室，把制作音乐更多地当成自己的乐趣，每个周末他都会自愿教那些喜欢音乐的青年志愿者唱歌，带领他们去福利院、养老院演出，不收取任何费用，他说，能用自己的特长让更多的人感受到快乐，本身就是一件特别快乐的事情。

的确，在人生这条路途中，我们总是会选择一条自己喜欢的路走下去，虽有荆棘，但是你的梦想会让你有惊人的力量，这种力量带着我们勇敢坚持下去。

3

当我们看到那些光彩熠熠能从容应对人生的人，不要只看到他们当时的光鲜，更要懂得他们背后的付出。

他们的梦想，都是汗水浇灌出来的花朵。

我一直很喜欢周星驰的电影。《功夫》在戛纳电影节首映时，他坚持要站在荧幕后，现场观众没有人知道他在那里，他就像童年时盯着窗外一整天的内向小孩一样，细致地观察着观众们的反应，他在等他们笑，等他们鼓掌，等他们赞赏。

周星驰的童年清贫，无趣。单亲妈妈带着三个孩子，生活艰难。长大后，周星驰和梁朝伟成为好友，相携去考 TVB 的演艺班。结果梁朝伟一次就考中，周星驰两次之后才得偿所愿。为了面试，周星驰甚至穿了高跟鞋，因为 173 厘米的周星驰距离标准的 175 厘米还差两厘米。

周星驰说："那个时候，人们对明星的概念就是像周润发一样的猛男，像我这样的人出现在影视荧幕上根本不可能。"

他想演戏，但摆在他面前的工作是——主持人。他的主持效果非常糟糕，没有趣，很尴尬，但那份工作也做了六年，二十岁到二十六岁，最热血青年的时期。那时梁朝伟已经崭露头角，而周星驰只是在各种电视剧中跑跑龙套，甚至很有追求地试图把尸体演出层次感。

谁承想多年后他演了那么多让观众永远记住的角色，还做了导演。

你如何看待自己，如何穿过一条道路，又试图通向哪里，这是永久的命题。

唯有坚持，才能不辜负自己。

4

有时候，最难坚持的地方，是我们付出的决心。

羡慕别人拥有好听的声音和自信满满的状态，或许你不曾看到他们在台下一字一句地练习发音，甚至气息和停顿都要练习千遍。

羡慕别人拥有好的身材和好看的微笑，或许你不曾看到他们在控制饮食和运动时的煎熬。

羡慕别人拥有更好的一切，或许你不曾看到他们在拥有这些之前所付出的那些汗水和牺牲。

很喜欢一段话："大概从懂事起，我们就注定要辛苦了。不过，这不是悲哀，而是幸运。幸好我们在这个世界上还追求着什么，也幸亏我们还心有所属。仔细想想，无论什么时候，能让我们化瘫痪为力量的，大概也就是这些了。"

那些洁净的梦想为我们点亮一盏温和的灯，永生不灭，指引我们找到通往未来的路。

如果选择了一条自己喜欢的路，那么就请义无反顾地走下去。

你可以一辈子不登山，但心中一定要有一座山

"所有的梦想始于微，但不始于卑。卑微很难改变，微小可以成长。"

1

刘爷爷去世时说了一句话："没什么事，我就先挂了。"

认识刘爷爷的人都知道，刘爷爷这辈子太不容易了。

刘爷爷年轻时是军人，退伍后在一次与小偷的搏斗中被迎面而来的汽车撞到腿，三十五岁之后，他只能在轮椅上生活。

那时的刘爷爷不是没有绝望过，他大好的人生才刚刚开始，好像就被意外画上了休止符。

刘爷爷的内心挣扎了很久，他曾一度绝食，整个人都虚弱到无法开口讲话。但是在一个清晨，刘爷爷坐在窗前看到了天空上盘旋的飞鸟，旁边还有一只风筝，他听到小孩子喊："放高一点，再把线松开一点，风筝飞得真高啊……"

那一刻，刘爷爷觉得，人活着真好，哪怕是坐在轮椅上，也是活着啊！

虽然腿动不了，但是还有手，行动不便，但是还有脑子。

三十六岁，学书法、绘画。

三十八岁，练习举重，虽然站不起来，但是依旧可以很帅。

四十岁，收留了一百多只流浪猫、狗，把父亲弃用的厂房用来喂食。

四十五岁，开始学习英语。

五十岁，举办了自己的画展。

六十岁，刘爷爷成了一名访谈记者，当他用一口流利的英语和嘉宾交谈的时候，所有人都为他鼓掌。

如果我们无法改变所处的现实，那就改变我们自己。

你永远无法知道自己的潜力有多大。

2

十二年前的胡歌，因为"李逍遥"大红大紫。

可是没过多久，胡歌就发生了一场重大车祸，助手抢救无效身亡，胡歌右眼重伤，脸和脖子加起来缝了一百多针。

那段时间，是胡歌的人生低谷。他在那篇《照镜子》的文章中写道：

车祸创伤了我的容貌，也冲击了我的内心。每次当我战战兢兢拿起镜子的时候，我都渴望能在镜子里寻找到勇气和力量。镜子的语言简洁而充满了智能，除了我自己，没有人能够让我真正重新站立，如果皮囊难以修复，就用思想去填满它吧。

2007年，胡歌宣布复出。

当时的胡歌，或许并没有放下面容上的缺陷。

2015年，胡歌带着《伪装者》和《琅琊榜》出现在大众的视野里。

多年前的李逍遥，鲜衣怒马，桀骜不驯。多年后的梅长苏，眼里似有万水千山，涅槃重生。

他曾发了一条微博状态：

梅长苏对我说：“我既然活了下来，便不会白白地活着……”

今年，他决定去进修。

他用阅读填满自己最消沉的时光，并且让阅读带领自己走入更宽广的世界。他重新发现了一个崭新的世界。

他说：“命和运是两回事。命呢，在我的认知里就是说，每个人来到这个世界上都带着一个剧本，这个剧本是上天写好的。但运是靠你自己创造的。”

3

我们永远不知道明天和意外哪一个先来。

张砚深说：“夏天的某一天突然失去嗅觉了，一点味道也闻不到，味觉也受到连累损失了一大半，我是一个特别爱吃的人，这种感受器的剥夺简直就是酷刑，加上当时一个人住，过着度日如年的日子，下了班就没有力气地瘫在椅子上，整两个月都是隔绝状态，别提多抑郁了。后来，为了自救开始锻炼，假期结束后瘦了十六斤，嗅觉在冬天回来了，但孤单是我自带的，现在仍与之对抗相处。"

雨涵说："在法国留学，一开始被孤独逼得快要抑郁，但是黑暗之中，我逼着自己往前走，去投入生活的怀抱。现在我终于可以在阳光下伸个懒腰，拍拍心里那个小人的肩膀说，恭喜你，你走过来了这么一段黑暗的路，自己一个人走过来了，当然希望下一段会有人同行，但也不怕一个人走了。"

小丘说："人生啊，总是南来的最终北往了。"

我们每个人都经历过属于自己的绝望，我记得儿童节那天，看到小海发的朋友圈：

这是在这个陌生的城市，我过的第一个儿童节。虽然我早已长成大人，但是我好想回到小时候，每次过儿童节的时候，爸爸都会买气球给我，好想再问爸爸要一次气球，可是他已经永远地离开了我。

小海是早教中心的老师，从山东来到这个城市打拼，每天工作接触得最多的就是小孩子，他说，喜欢最纯净的笑容，虽然他现在的生活依旧不稳定，但是他觉得今后的某一天，一定会实现自己的梦想。他的梦想，就是成为一个让爸爸骄傲的人。

唯有充实自己，才能把每一天都过成喜欢的样子。

4

当贪婪成为美德，我们生活的社会就变成了一个"以更快速度完成更多事情"的竞技场，在这个浮躁的时代，我们所能做的最有价值的事就是"做减法"，而有些减法，反而是我们人生的加法。摒弃那些无用的杂念，好好地去爱自己，爱生活。

一辈子很短，不要等到我们无力去改变的时候徒留一声叹息。

我曾看到过一张照片，那是一位巴基斯坦制片人拍到的一幕，夜晚的街道，一个衣衫褴褛的小男孩，把最宝贵的长袖毛衣穿在小狗伙伴身上，笑得很温暖，仿佛拥有了全世界。

能带给我们快乐的哪怕只是一只狗，也足够让我们心生温暖。当你好好爱自己的时候，也就是你发现这个世界上善意的存在的时候，你对待生活也会有更多的包容和接纳。

请相信自己，相信你拥有更好生活的能力。

请大声说：

好好爱自己，好好爱生活，你必会看见更辽阔之地！

世界是自己的，与他人毫无关系

1

听到一个朋友说，以前总是想取悦所有人，让所有人都知道自己是个善良的人，到现在，只想做个会取悦自己的人。

很多时候，我们都会把关注点集中到别人身上。

听过一个笑话。

问："裸手切辣椒后，如何减轻手指的灼烧感？"

答："揉眼，之后就顾不上手了。"

笑过之后，会发现，换一个集中点，自然就没有那么纠结。

《积存时间的生活》里面记录了两位老人的生活，他们是一对夫妻，他们一起用了四十年时间坚持无拘无束地做自己喜欢的事，比如开帆船、调配泥土种菜、做木工、织布、酿酒、自制培根和果酱及比萨、保存食品、制作料理档案……

两位老人没有积蓄，也没有养老金，坚持劳动创造，每一天都过得快乐充实。"有菜园和杂树林的生活"让两位老人之间建立了深厚的情感关系，并激发出了"快乐务农"，"享受费时耗工的生活"。喜欢的事情就一头栽进去，一辈子不会觉得累。

前几天，我去菜市场买菜，看到大声吆喝的卖猪肉的胖乎乎的阿姨，虽然她每天都和油腻腻的肉打交道，但是我从她的声音里听出了知足和喜悦。她说："我们家大宝就喜欢吃肉，收摊回家给他做红烧肉去。"

很多时候，我们觉得有些人的生活好像很无趣，其实真正体会之后，你才知道看似简陋的烤红薯的炉子也会烤出香喷喷的红薯。

好的生活无关外界怎么看，更多的是内心的感觉。

不要一针见血地去随意评论别人生活，你的冷言如同那些溅起来的血渍，伤人的同时也抹杀了你对这个世界的善意。

无论冷暖，都是最好的生活。

2

2001 年，二十三岁的鹭金融专业大学毕业，进了一家大型国有保险公司，父母满意，周围的人觉得不错。可是鹭并不喜欢自己的专业和工作，待了一年多之后，她辞职了，之后在金融行业不停地晃荡，因为无法忍受不喜欢的事，她常常换工作，在那些找不到自己的日子里，读书、拍照、旅行是她不多的慰藉。

后来鹭喜欢上了摄影，她发现自己只有在拍照时是安定的、专注的，甚至是忘我的。

2011年，三十三岁的她在家过年，妈妈对她说："你怎么不承认这十年来你是失败的？"当时的鹭，工作不顺利，没有存款，刚刚失恋，准备出国被拒签。

鹭沉默不语，回自己房间整理这些年拍的照片，当时她的心里就有一种感觉，她要摄影。她下决心只面对自己，只对自己负责。

鹭的决定很正确，她的摄影作品得到了很多人的喜欢，如今转行六年，她在摄影的过程中，也找到了更好的自己。

三十五岁之后，鹭遇到了心爱的人，感觉生活需要朴实而鲜活，想好好吃饭睡觉，尊重自然，顺应四季。

鹭自嘲说："当年大学毕业之后在上海工作，整天幻想挣大钱周游世界，哪里能想到后来会守着这半亩租来的田地，出门刚一天就想回。"

人生，是我们自己的，要让我们的内心舒展自在，所有经历，都是为了让我们认清自己。

3

也有人兜兜转转都找不到自己最喜欢的生活方式。

这让我想到我们上学时的体育跑步测试，我们都曾用尽全力往前跑，但是不承想因为太着急，中途一个腿软，越跑越慢。当你抖着大胸跑到终点时，才发现体育老师早已不见踪影。

反正年龄小的时候，总是用最单纯的眼睛去看这个世界，其实那时的我们也是最快乐的，再后来，我们长成了受困于数字的大人。

我们越来越在意别人的评价，我们活得小心翼翼。

我们丢失了那么多的勇气和自我。

就像是我看过的那本绘本《好大的国王》中，讲了一个有"好大情结"的国王，譬如喜欢屋顶一样高的大床、游泳池一样大的脸盆、院子一样大的毛巾，以及大刀叉、巨型巧克力、超级拔牙钳子、缝隙很大的鸟笼、湖一样的池塘、楼顶一样大的花盆。

有一天，国王在大花盆中种下一颗郁金香球根，然后期盼着它长出比任何花朵都大的郁金香，可是到了春天，大花盆里只开出了一朵很小很小但很美的郁金香。

作者的潜台词是，国王可以造出许多宏伟壮观的东西，却怎么也造不出鲜活的生活。而每个生命，都是独一无二的。

4

刘墉在《长在乌托邦的花朵》里说："你把自己放在万物中看，便如花开草长，当你排除了妄念之后再看世界，那真是美好得不得了。"

"红豆生南国，春来发几枝"，这是个至美的世事，他在看花时，忽然变成了花朵。花谢的时候，并不伤心，生命要在死亡里休息，变得干净。这是同一件事，一朵花就是"一朵墓园"。

你是不是也会在某个瞬间，觉得世界无趣，觉得生活中的人情往来俗不可耐？其实如果把一切人和事的中心设定为自己，最后一定会被名利所累，自私和嫉妒都会滋生出阴霾。

你也会在某一个阶段渐渐明白，其实一切简单的姿态，都是一件战场上最尖利的武器，旧时光给你的那些刻骨的磨难会告诉你，很多事情，无惧得失，这个世界才是你的。

就像植物的生长一般，慢慢成熟了才会明白，一年四季，能静看傍晚的落日，感受每一天的清晨就是最好的时候。生活中细水长流的节奏，人世间的烟火气息，最终会成为你对生活的感知。

就是这样，用心投入。

　　世界是我们自己的，当你学会重新审视自己的生活时，你的内心也会随着年岁增长。当所有浮躁尖锐的心绪被抚平，幼稚单一的视角被逆转，一切都会变得不一样，相信这会是你最愿意看到的。

　　我们的生活，大概也就会随着心的轨迹稳当而缓慢地运转着。

　　放下自己，才能收获更好的自己。

　　生命就是要浪费在美好的事物上。

PART 4

时间能治愈的，
是愿意自救的人

纵使生活有雷霆万钧，也要把雷声一饮而尽

1

梦然去杭州参加一个 cos 动漫展，别的姑娘都是穿礼服、戴礼帽，美美地亮相，个个都像美少女战士。

而梦然 cos 的是一坨卡通大便，静静地立在角落里。她睁着眼睛看着周围的人们或欣赏或无视的表情。那个时候，她觉得自己更像个战士。

漫展结束已是晚上 7 点，所有参加的人员一起去聚餐。梦然换好了自己的衣服，高跟鞋、连衣裙，露出好看的笑容，有些浓妆艳抹的姑娘在脱掉美丽的裙装之后，竟然又是另外一种样子，好像是一场卸妆舞会，繁华落尽，真实上演。

回到住处，梦然看到路灯下自己的影子，顿时脑中浮现出八个字：每有欣喜，必有遗憾。这几个字可有些伤感。关灯后，梦

然发了几张图片到朋友圈，收到很多消息，最多的一个问题无非是为什么要 cos 一坨大便呢？

梦然统一回复：我就是想看看人们有没有一双发现美的眼睛。

梦然想到了十八岁时的自己，如果用一个词来形容的话，那就是"网瘾少女"。白天逃课睡觉，晚上熬夜打游戏，她的父母常年在外出差，极少有时间陪她，她用网络游戏填补自己内心的空洞。

那时的梦然，喜欢把头发染成花花绿绿的颜色。

所有人苦口婆心的劝说，都没法改变梦然，她和父母大吵一架，摔门而出，召集她的朋友们，白酒、烧烤，在苍茫夜色中大喊着青春无畏，对着月亮和云朵，看着彼此的年轻的脸，把烦恼一饮而尽。

2

十八岁的梦然恋爱了，想的最多的就是离家出走。

晚上的时候，男孩从梦然家的阳台爬到二楼，他敲了敲窗户，看到一脸无助的梦然。那个时候是冬天，看着冻得瑟瑟发抖的男孩，梦然满心都是他。他陪她说话到凌晨，然后从窗户下去偷偷溜走。

直到一个星期后，梦然对他说："带我走吧。"然后他们就用自己房间里的床单绑在二楼的阳台上，一起私奔了。

那个夜晚，梦然的爸爸妈妈疯狂地到处找她，而陷入热恋中的梦然根本没有心情考虑父母的感受，她坐在马浩南的摩托车后面，耳边是呼呼的风声，她只想着赶快逃离这里，和他开心地在一起。

这个世界上根本就不存在"不会做"这回事，当你失去了所有的依靠的时候，自然什么都会了。

梦然和男孩去了另一个城市，她第一次体会到没有父母在身边的感觉，他们没有太多的钱，租了房子省吃俭用，每天吃得最多的就是包子和面条，男孩曾用花枝给她编了一枚戒指，戴在梦然白皙的手指上，梦然觉得那是世界上最好看的戒指。

每天都很苦，除了温饱好像就再没有更多的娱乐，没有朋友，没有工作，梦然第一次觉察到生活的现实。但是他们有爱啊，那是梦然最大的信仰。

后来，她找到第一份工作是在一家餐厅做门迎。因为年纪小，只负责客人来的时候鞠躬就好。

那个城市的餐厅特别多，每次梦然都面带微笑地迎来吃饭的客人。她记不清楚她一天要鞠多少次躬，也不记得腿站麻了多少次。

每次疲惫不堪地回到住的地方后，躺在床上看着天花板，有一个声音在说："傻姑娘，这是你的青春吗，你要这样活下去吗？"
另一个声音在说："自由总是要付出代价的，如果连最基本的生存都做不到，又怎么能过上自己喜欢的生活？"

可有的时候面对客人异样的眼神，梦然还是会觉得，自己像个废物。那时候梦然才觉得，原来人生中最难熬的不是穷苦，而是重复。

日复一日的重复，难道就是为了攒够一些钱去网游吗？可是现在的生活难道就可以忽略吗？

梦然突然觉得，自己在最好的年纪，只是徒有一副皮囊，却没有更丰富的内在。她觉得自己把最好的时光都浪费了，一个月不到，她决定回家。

对于十八岁的梦然来说，第一次离家出走的代价就是懂得珍惜，她第一次觉得每个人都会为自己的任性妄为买单。

有些事情，就是这么残忍。

但正是因为这些残忍，才教会我们如何活下去。

之后的每一天，梦然都很努力，去见识更多的未知。那段学习的时光真的很累，她常常学到凌晨 2 点，但她却从未觉得生命是那样充实。

3

之后的很多年，梦然都养成了坚持的习惯，不论做任何事情，她都会坚持到底。她也用坚持换来了更好的自己。

在后来的无数个夜晚，梦然会突然就想起那些岁月，年少时下雪踩在地上咯吱咯吱的声音，从小路的一端到另一端。一步一步成长，慢慢地洗净心里的疲累。

一只小乌龟小时候曾经爱过一条小鱼，可是后来，鱼游向了大海，而乌龟长出了腿，爬上了陆地，这就是奇怪的命运，你永远不知道你身体里隐藏着什么，可他们一旦悄悄地长了出来，你就会突然明白，这才是真正的你。

有人说："贫穷的人没有资格轻视富有，没有投身于浮华的人，永远也看不破这道迷障。很多执迷和不放，都是因为不足够贴近，内心尚有保留。"

十年后，二十八岁的梦然硕士毕业，想起多年前的那次离家出走。那时，她还是背着书包上学的高中生，而今当时喜欢的那个男孩早已经成为别人的新郎。她一直觉得青春是这样的，它用尽全力的热，它用尽全力的冷。在时光的轰鸣中，我们的青春一点一点地随风逝去。

就在参加完杭州动漫展的那晚，梦然给自己画了一幅画，画中的姑娘提着行李箱站在十字路口，旁边是雨后的彩虹。而图片的配文是：那个十八岁的姑娘已走远。

就像她最喜欢的那段话一样："一月冰雪，二月梅花，她开始陆续把屋里的东西搬到树下。三月桃花谢落，转瞬即逝，她留也留不住。四月，身外已是落英缤纷，那时她把事物逐一洒扫一遍，开始坐下来写一封书信。四月，空气中回荡着一种声响，杨花在一日间堆上门扉。"

真正让人变好的选择，都不会太舒服，如果上帝向你递了一把刀，是因为它身后藏了一个巨大的蛋糕。

时间能治愈的，是愿意自救的人

谁不曾忙碌完就喊孤苦，只因落单了就忘了这叫无拘无束，你也会渴望没任何人束缚，在没观众的王国里表演我行我素。

——林夕

1

每个月的 1 号，我都习惯给朋友们发微信，新的一个月的第一天，总想让他们有好的心情。

很多时候，忙碌的我们渐渐忽略了很多小细节。上个月，我给朋友发完微信之后，一个朋友回复说："看到你发的消息，感觉真好，刚刚和老公吵了一架，把一对龙凤胎送到了公公婆婆那儿，心情失落到了极点，可是看到你发的那些文字，好像又有了一些力量去应对这乱糟糟的人生。"

她是一个性格特别好的人，两年前生下了龙凤胎，哺乳期的她带着一身肥肉，换了新的工作岗位。

比起说一切都是崭新的，更不如说一切都是混乱的。

有了两个孩子的她，虽然有人帮着带，但是自己也严重睡眠不足，加上新的工作环境每天都很忙，所以在半年的时间，她就瘦了50斤，有时候她开玩笑说，工作的时候，感觉自己的头都快被领导骂烂了，加班、独自完成一个策划项目、中午忙得回不了家，这些都成了她的日常。

有一些老同事总是觉得她太可怜，工作节奏太快，还有两个孩子要养，她也只是笑笑，其实有时候她也会在心里默默流泪，觉得自己以梦为马，越走越傻。

就这样工作了一年多之后，她居然在繁杂的事务中变得雷厉风行，组织一场场活动也更游刃有余，主持发言的时候，她也做得更有条理。

她感慨地说，都是逼出来的。如果没有之前的无形的巴掌打着自己，或许自己还是那个停留在原地的"傻大个"。

2

我们经常听到有人说，你看人家谁谁，年轻漂亮又有才，或是你看人家谁谁，年纪轻轻家产已经达到多少……可是我们根本不知道他们与生俱来有怎样的天赋，不知道他们抓住和错过了多少机会，也没有体会过他们吃过多少亏、赔了多少钱、操了多少心、熬了多少夜，更没有看到他们曾有的迷茫和痛苦。

生活永远没有速成班，天上不会掉馅饼，即使掉馅饼也是用来砸你的，而不是用来吃的。

刘若英有一次被采访的时候，主持人问她："为什么你看上去总是很淡定，你从来不会有气急败坏的时候吗？"

她说："因为我知道，没有一种工作是不委屈的。"

刘若英出道之前，是陈升的助理，在唱片公司，她什么都要做，包括洗厕所。她和另一个助理，轮流洗厕所，一个人一三五，另一个人二四六。另一个助理叫金城武。

有人说，职场不相信什么眼泪，要哭回家哭。

同样，职场也不相信软弱，行动力决定一切。

韩寒上学时，书读得不好，很多老师都不看好他。

在《萌芽》创刊 60 周年时，韩寒写过一篇文，他在文字中说："不久前，我又回到了参加新概念比赛的地方，居然真的跟十几年前没什么变化，走廊上堆满了这一届新概念作文大赛的稿子。我走上楼，站在几万封新概念作文比赛的来稿边，恍若隔世，我觉得每一封信后都有一个我少年时那样的人，等着自己的文字闪光。同事们看着我扶着旋转楼梯发呆，纷纷说唱两句吧，我就哼着歌走了上来……"

谁没有一些刻骨铭心事，谁能预计后果？

谁没有一些旧恨心魔，一点点无心错？

3

我想起了自己刚参加工作时的样子。

刚进报社实习的时候，仗着自己对文字的热爱，以为自己有多了不起。那个时候报社每天布置的选题很多，每个人都忙得晕头转向。当时的我也是如此，每天好像都有着做不完的事，我毫无头绪，甚至连新闻标题都会写错。领导虽然没有指名批评我，但是我知道他在会上说"做新闻怎么能这么马虎"的话是在点醒我。

我的内心很受挫，包括读书的时候，我都觉得自己已经特别认真学习了，考试的结局却是依旧不理想，我真的没有不努力呀。我觉得自己已经很刻苦了，可是还不如天天在课堂上睡觉的同学成绩好。

离开学校很多年后，我才慢慢地懂得，很多时候我们都对自己下手太轻，总是让自己过得太舒服，稍微努力一下就觉得是在拼命。

在生活面前，有时候，我们需要的不是虚伪的赞美，而是真实的忠告和提醒，那样我们才能找到自己正确的位置。

时间对你付出的血汗都会有回应的，请你不要抱怨，因为太容易走的路，往往都是下坡路，并不能带你到你想去的远方。

努力地向前冲，不是为了成为别人眼中的谁，而是为了心目中那个勇敢执着的骄傲，为了自己的小梦想，勇往直前。

正如诗人履述先生所写：

生活就是这样，晴朗中有风雪

重要的是，跌倒后还有力气爬起

孤单时，还能安顿自己

我们一路向前，拼尽全身力气

再坚持，会有人等你，会有光暖你

那个未来，灯火通明

那个春天，繁花遍地

那片星空，璀璨耀眼

时间治愈的是愿意自渡之人。

你是什么样的人，便会遇到什么样的人

1

路亚为了电脑安全，上午因为参加一个礼仪培训化了妆，心血来潮在电脑上安装了一个脸部识别软件，下午卸妆素颜回到公司后，电脑死活都开不了……

手足无措的路亚求助了一起工作的同事，结果很让她失望。

因为刚来新的公司不久，路亚平常也不太爱和同事有过多的交流。

所以事情发生后，周围的同事都笑了。甚至有一位资深大妈对路亚说："哎呀呀，你这卸妆前和卸妆后都可以发个对比图了。我听说有个男孩找了一个女朋友，带女孩去游泳的时候，女友素颜的时候男朋友居然认不出她，你们说说有多可怕……"

那天路亚觉得自己狼狈极了，她感觉自己像极了动物园里被人围观的一只大猩猩。

她真的恨不得跑过去给那位大妈的嘴上缝个拉锁。

曾经有一组图片，讲的是许多人看似在同一平面，实际上那只是视觉而已，现实是他们在不同的平面，有些对某些人来说轻而易举的事情，另一些人却觉得遥不可及。

就好像对于有些人来说很简单平凡的小事，也许在某些人眼中就变成了惊天动地的大海啸。

2

你是什么样的人，便会遇到什么样的人。

这几个字很简单，却真的很有道理。

被你的气场所吸引的那些人，终会和你成为朋友，因为你们很相似。那些讨厌你的人，请不要在意，你们本来就不在一个频道上。

叔本华说："一个人自身拥有的越多，别人能够给予他的也就越少。正是这一自身充足的感觉使具有内在丰富价值的人不愿为了与他人交往而做出必需的、显而易见的牺牲。"

相比之下，由于欠缺自身内在，平庸的人喜好与人交往，喜欢迁就别人，这是因为他们忍受别人要比忍受他们自己来得更加容易。

曾听一个朋友讲过这样的故事。

她去学瑜伽时，教她的老师是一位资深的舞蹈老师。瑜伽课上的学员很多，上第一节课，这位老师很认真优雅地给她们做示范，并且在舒缓的音乐中指导她们瑜伽姿势。

可是在第二节课的时候，可能老师当天的心情不太好，所以中途走到一个胖姑娘面前说："你这么胖，站都站不稳，怎么可能练好瑜伽？"课程结束时，老师又对胖女孩说了一句："下节课别来了，这节课的钱我也不收了，就当是赠送给你了。"所有人都看到胖女孩眼眶隐隐泛出的泪光，胖女孩说："你讨厌我也没关系，反正我也不喜欢你。"

朋友说："那天之后，我再也没去过瑜伽教室。因为从一件小事上，就暴露了一个人做人的姿态。"

当你无视别人的自尊的时候，抱歉，别人也只好给你打不及格。

有时候，我们随口议论别人的不足，或是把别人的糗事拿来说笑，都会成为一把利剑，刺伤他人。

人人都知道，家家都有本难念的经，不要用刻薄的语言，去打败琐碎的日常。

3

生活中，我们总是想得到所有人的认可。

可是，这个"所有人"当中，包括了那么多的讨厌与诋毁，这个世界上，看你"2"的人很多，陪你"2"的人很少。

有姑娘说，公司里的人际关系太复杂，发生一件小事，一个上午整个公司就都会知道，而且不会低于十个版本，每个人都像是一个资深编剧，把事情渲染得狗血淋漓，深深地感到心累。

心理学有一章磁场调理。所谓的磁场并不是看不见、摸不着的东西，每分每秒，它都在以一个完美的弧度旋转着、变幻着。而且这个磁场随着我们的身体和言行以及周围的环境，会有着不同的变化曲线。

所以，遇到那些尖酸刻薄的人，不用去调动磁场迎合他们。

只需做好自己，我们不可能让所有人都满意，因为不是所有的人都懂得你。

你走你的过街天桥，别人走别人的地下通道。面子是别人给的，脸是自己丢的，如果别人不给你面子，那么请照照镜子，然后再做判断。

当然，一个人所处的环境很重要，这就是为什么那么多人都努力想进入一个优质的环境，因为一个大氛围会影响你周围的每一个人。

一滴牛奶滴入一桶水中它就变成了水，而一滴水滴入一桶牛奶中就变成了牛奶，环境是相当重要的，同样，你的朋友圈也很重要。

4

做好自己，不被别人的言论左右，就算听到闲言碎语，也要一笑而过。那些多版本的议论，不过是嚼到没味的口香糖，最终会被吐掉。

成熟的第一步就是学会接受这个世界的议论纷纷和争议，我们无法做到让所有人看起来都完美无缺，但至少，我们要学会屏蔽那些负能量。

找到适合自己发展的环境和朋友，都是为了坚持梦想而自我努力。

而一个人的成功也不过是不被他人左右，努力做到最真实的自己。

慢慢地，你会发现，当一个多事的人讨厌你时，你的心里也不再那么在意和气愤，谁会和一个爱搬弄是非的人计较呢？除非他的脑子里进了水。

正如林语堂所说："人生在世，还不是有时笑笑人家，有时给人家笑笑。"

和优秀、快乐、向上的人在一起，会逃离那些整天抱怨、喋喋不休的人。因为和正能量的朋友在一起，他们所引导和呈现出来的气质都是积极的，所以，无形中你也会被他们感染。如果朋友总是斤斤计较，爱议论别人的是非，也会把你带入一个死循环中，要么小心眼，要么翻白眼，这些环境对一个人的影响深远，很难改变。

在一个大环境中，经营好自己很重要。它几乎可以决定你的生活，以及你的每一个选择。

不要把别人都当成假想敌

1

李大豆常挂在嘴边的一句话就是："你是不是看不起我？"

吃饭结账时，朋友抢在李大豆前边，他说："你是不是看不起我？"

KTV 里唱歌的时候，唱歌走调的李大豆，在被同事抢了麦克之后，说："你是不是看不起我？"

李大豆常说："我十八岁就出来赚钱，从一无所有发展到身无分文，再从身无分文拼搏到负债累累，这就是我，不一样的烟火，我就是我，我看到自己都冒火……别天天整些什么'有趣的灵魂太少'，好看的人也挺多的，有趣的灵魂也挺多的，只是好看的人不想鸟你，有趣的灵魂你又嫌长得丑罢了。"

后来李大豆认识了海尔姑娘。

海尔姑娘头大但发量少，但偏偏喜欢梳个高高的丸子头。有一次公交车上，旁边的小孩突然叫起来："妈妈快看，是葫芦娃。"

李大豆坐在后排，戴着耳机没忍住，笑得口水都营造出了彩虹的效果。

所以当海尔姑娘大声对他说"请你别笑得那么大声"的时候，李大豆习惯性地回答："你是不是看不起我？"

这次真让李大豆说对了，海尔姑娘就是看不起他。

没钱，没颜值，没身高。

李大豆就是海尔姑娘眼中的"三无人员"。

本以为再没有交集，结果，海尔姑娘居然是李大豆公司新来的财务助理。

冤家相见，抬头不见低头见。

在彼此冷嘲热讽的刺激下，李大豆发现"葫芦娃"也有可爱的一面，"葫芦娃"也发现李大豆除了自卑点，其实也是暖男一枚。

2

遇见"葫芦娃"后，李大豆好像转运了，他觉得自己也变得没有那么敏感，不再总是把别人当成假想敌了。

他口头那句"你是不是看不起我"也变成了"我可以的"。

他也发现海尔姑娘是个特别会生活的姑娘。

虽然海尔姑娘长得不太美，但是她每一天都用心做好午餐带到单位和同事一起分享。

那些午餐都是用心思做的，蔬菜都弄成各种图案。

她还养了一只叫"大胖"的猫，每天都把大胖照顾得很好。

海尔姑娘也喜欢健身和爬山。她带着李大豆在周末跑步登上公司旁边的那座小山，李大豆站在山顶，突然发现他工作的这三年，从未认真看过自己生活的地方，感官也从未如此清澈过。虽然山顶上的风吹得海尔姑娘的发型乱糟糟，但是李大豆觉得她长得真好看，尤其是笑起来露出的小虎牙。

虽然海尔姑娘看着发呆的他说："哥们，几天不见，你的发际线又变高了。"

但是，他在心里开了一朵小花。

他好像找到了那个久违的自己。

他在梦中找到那个当年眼神清澈的孩子，告诉他，别再与全世界为敌了，你这样就很好。

3

有时候，我们需要接触那些自带能量的人，他们会把生活过得充满阳光。

生活中，有那么多像李大豆和海尔姑娘的人，我们有多少时间是自带失落和抱怨的?

有时候，我们敏感，脆弱，一言不合就多想，我们把生活过得太过小心谨慎。

其实真正能治愈我们的只有我们自己。

有人问"美国第一夫人"米歇尔，八年来，面对各种攻击，是什么让她坚定立场并找到解决方法的。

米歇尔回答："做一个成年人。"

她说："我有很好的父母，爱我的丈夫，周围有很多肯定我的人，这些都是有用的，但做个成年人更有用。我并非生下来就是第一夫人，我在各行各业工作，所以不可避免地会和一些人相抵触，感觉情绪受伤，我还会接触到一些睁着眼睛说瞎话的人，这是生活勾绊着你，它们会横跨你的漫漫人生。从中我学到如何保护自己，学会如何得到自己真正需要的，摆脱那些一眼就知道是虚假的东西。"

我想，每个人的生活环境不同，所以有的时候生活态度也会不同，但足够让人觉得幸运的是，我们周围总会出现一些自带阳光的人，影响着你也热爱此刻当下的生活。

不要总把别人当成假想敌，现在的生活是我们走向今后路途的一个必经阶段，请自带笑容，随着时间和心胸的不断开阔，到最后也会变成一个不管长得好不好看都自带能量的有趣的人。

春眠不觉晓，庸人偏自扰，走过单行道，花落知多少。生活原本就是不知从哪里开始，到哪里结束的一段旅程。让我们多给自己一些积极的能量，忘掉那些负面情绪，坦然地面对一切。就像有人说的：我们每个人也都像蒲公英一样，一生总会有各种飘忽不定，但却总要学会有一颗随遇而安的心。慢慢成熟的我们，越来越清楚地明白，生活中本来就没有太多惊天动地的大事，每一天的蓝天和白云，都是崭新的。

4

愿你们开心的时候像是林中那些力挫群雄的小鹿，心里住着奔跑的信仰，站在夕阳下与泥土亲吻，把风植入心脏又是另外一种欢喜。归来的路上，不觉得疲惫。

把生活当作一场篝火晚会，骨子里燃烧起一支火把，用尽全力燃烧，把所有人的冷漠当成让篝火燃烧得更旺的燃料。

不要再自卑、觉得自己无趣。当你变得自信有趣了，这个世界也就充满了颜色。

曾经在角落的阴暗，让我们的生命力变得更加强大；那些嘲笑是洗练我们灵魂的旗帜。逝去的旧迹，我们不必唏嘘不已，只需重修我们的内心。

突然明白了简媜那段话的真正含义，她说："无论如何，请你满饮我在月光下为你斟的这杯新醅的酒。此去是春、是夏、是秋、是冬，是风、是雪、是雨、是雾，是东、是南、是西、是北，是昼、是夜，是晨、是暮，全仗它为你暖身、驱寒、认路、分担人世间久积的辛酸。你只需在路上踩出一些印迹，好让我来寻你时，不会走岔。"

真正的向阳生活，不是避开世俗的喧嚣，而是真正体会每一天的清风雨露。

谁都希望打一手从不出错的好牌，但直到你出一次错，亲手打破对完美人生的期待，才能放下不安，大大方方地做自己。

你来人间一趟，需要晒晒太阳

1

我看到一个标题为"空巢青年"的报告。

有网友总结，一个典型的"空巢青年"可能是这样的：

二三十岁，在一线城市有一份体面的工作，住在月租三四千的一居室或群租房隔间，唯一熟悉的室友是自己养的猫或狗，厨房有全套餐具但饮食主要靠便利店和外卖，长时间在手机和电脑之间无缝切换，作息失调，不出门不洗头，眼睛常年布满血丝……

为什么周围的人那么多，你还是感觉自己很孤单？

为什么所有的人都在低头看手机，活在自己的世界里？

我们有时候和别人缺乏沟通，总是喜欢画地为牢，困在自己编的笼子里。

2

电影《肖申克的救赎》里说，这些墙挺有意思，一开始你抵触它，然后你习惯它，最后你不得不依赖它。

有的人总是在抱怨，觉得自己的生活像一潭死水，毫无波澜。

可是有时候，并不是生活本身的错，而是他们根本没有想到自己到底在追求些什么。

每天都斗志昂扬，却只是在玩手机，做空想家，幻想着有一天自己可以按照自己心里所想的那样去生活。就像脖子上挂着饼可还是饿死了，吃完前面的饼，懒得把后面的饼转过去。

生活一定有它不公平的地方，当你看到那个二十几岁的朋友突然买了豪宅，而你只能在加班后的夜色里独自回到出租房里入眠，怎么会不心酸?

但是，你还年轻啊，前面的路那么长，时间会给你乘风破浪的勇气，就是要你去努力，要你去知道，这个世界远比你想象的要宽阔，眼前的迷茫又能怎样，你不需要因为自己如今的困惑而总是和孤独为伴，因为总有一天，你会依靠自己，改变你的生活。

3

辛巴奶奶在四十六岁那年，从央视主编的位置上辞职，在许多人的不解中，坚定地去过心底渴望的慢生活。

她说，年轻的时候，已经束缚自己太久。种花，做饭，做衣服，看书，做编织。多年冷落的爱好，一一拾起来。

她做菜，连着几天不出门研究一道菜；养花，一个品种养好几盆，放在房间里阳台上不同位置区别照料，直到摸清种植规律：学古筝一年，达到业余六级的水平；年轻时爱做衣服，重新拾起，四季面料配上简单的袍子样式，多年不需再买新衣。

辛巴奶奶开始编织，也教别人编织，很多人因为学编织，对待生活的态度开始转化，哪怕每天被各种家务工作搞得繁忙疲惫，晚上也要挤出时间，沉入内心，与自己相处。

就像有人说的，无人能阻止衰老，但剩下的生命越是短暂，越要使之过得丰盈饱满。

摄影师彼得·林德伯格执镜的"倍耐力年历"，名字就叫作：情感。模特都是素颜的顶级女明星，不仅素颜，还要黑白，甚至零后期。仿佛如此才能够担起"美人"二字。

彼得·林德伯格说："我想要对抗那种关于完美和青春的可

怕执念。如果你太习惯于那些表面的东西，灵魂之光还怎么照射出来？"

4

年轻的你，要大大方方把自己的状态展现出来。

这世上没有人有义务帮你解决所有的难题，也没有人一定要承受你所有的任性和坏情绪。

你必须让自己阳光起来，经受过暴风雨的洗礼，虽然被摧残得有些蔫，但是用你的小宇宙冷静地迎接属于你的新生活。而不是，出于寂寞，出于无助，奢望空想带给你心灵上的慰藉。

要知道，你自己不努力，难题也只能永远成为难题。

生命不是你活了多少日子，而是你记住多少日子

你要承受你心天的季候，如同你常常承受从田野上度过的四时，你要静守，度过你心里凄凉的冬日。

——纪伯伦

1

这世上有两种生活，一种是忙忙碌碌，重复了又重复；一种是在每个阶段，内心都有所得。前一种勇往直前，好像永远停不下来；另一种却活得从容自在。我们无法说哪一种生活更有意义，因为我们所处的境遇不同，每个人所经历的人生也不同。但是，我们应当竭尽所能，记住我们走过的日子。

我在 24 小时不打烊书屋，看到了正在看书的温睿。

屋外飘着大雪，书屋内温暖如春，墙上是蒙语写的：归去，也无风雨也无晴。桌子上放着一杯清茶。

温睿端起茶杯喝了一口茶，然后用温婉的声音说："读书的时候，是不是感觉整个世界都安静了？"

那是我第二次见到温睿，那家书屋就是温睿开的。书屋很小，60 平方米左右，但是给人的感觉温馨美好。

温睿的布包引起了我的注意。这个时代，年轻的姑娘大多喜欢时尚的包包。

而温睿的布包是她手工缝制的，蓝色的纯棉布料，上面是温睿亲手绣上去的麦穗和她自己的名字。简单得像是纯净蓝天下的呼吸。

平常书屋人少的时候，温睿就开始练毛笔字。

一横一竖都立见功底，温睿这个姑娘像是一株静静生长的竹子，不急不躁，不缓不慢。

温睿喜欢穿着汉服在小屋里读诗，像是世俗外的所有风雨都与她无关。

2

认识温睿的人都知道，她是一个单亲妈妈，带着三岁的女儿。

十几岁时，温睿成为叛逆少女，抽烟、喝酒、玩摇滚。"我当时骨子里有好多刺，好像碰到的所有人都会被我扎伤，那时我活得太过自我，总是觉得天大地大数我最大，一言不合就爆发自己的小宇宙！"

高中的时候，温睿喜欢上了一个男孩，那个男孩也喜欢温睿。

两个人的恋爱成了当时校园里最轰轰烈烈的青春往事。

高中毕业，男孩被父母安排出国。

男孩出国一周后，温睿发现自己怀孕了。

那是温睿过得最阴暗的一段日子，没有钱，没敢告诉父母，她一个人躲在闺密的家里。

一个月后，她决定回家告诉父母，她决定生下那个孩子。

妈妈问她："你这个年龄你想好怎样做个母亲了吗？"

温睿愣了一下，坚决地点头："我就是要生下他，妈妈，所有的事情我独自承担。"

可是在温睿生完小孩的第一年，她才感觉到什么是真正的绝望。

她都没长大，又多了一个更小的孩子，她完全不适应当妈的节奏。

那时，她觉得自己抑郁了。

"自己有心结的时候，我是不愿意和别人倾诉的，因为这是我自己犯的错，可是如果青春重来一次，我想我还是会喜欢上他，那个年龄的女孩是听不进去任何除了自己心里的其他声音的。我们离开一些人，便会成为更好的人，因为他，但不是为了他。"温睿笑着说。

过了两年，温睿从抑郁中走出来。

挣扎的那段时光，真的很难熬，也正是那些日子，让温睿想通了，我们这一生，总会遇到很多我们并不想面对的事情，但是正是因为那些难过，才让我们更懂得此刻生活的珍贵。

3

孩子三岁时，温睿开了那家二十四小时不打烊书屋。

她开始静下心来，好好生活，经营自己。

除了照顾小孩，其他的时间都在小书屋，读书、写字、刺绣。

她觉得每天那些安静的时光都是对她内心的丰盈。

她也从那个任性狂妄的姑娘变成了如今的样子。

每天穿着汉服读着诗词，温睿说自己好像找到了失散多年的另一个自己。内心对未来不再恐慌，而是充满期待。

《辛德瑞拉》有一句歌词说："她没有玻璃鞋，没有华丽衣裳，没有钟声的敲打，没有带花香，没有舞会妆。她不爱说话，不懂装傻，任别人叫她丑小鸭……"

我们都曾是生活中的丑小鸭，直到有一天，当我们真正蜕变成更好的自己，你会发现，每一段日子都不会白过，所有的眼泪都不会白流。

所有你经历过的，都会以另一种形式教会你成长。

生活没有那么多的五光十色，我们不过是尽力把最普通的日子过得温暖如初。

4

我曾经幻想过很多生活情景，精彩的，轰轰烈烈的，波澜起伏的，其实体会过生活中的各种滋味时，简单才是最真实的状态。波澜不惊，才能平静地呼吸，那种感觉，就像是吃一颗甜而不腻的苹果，或是喝一杯加了糖的牛奶，温润而馨香。

最简单的日子最珍贵。拥有纯善的心，就会凝聚惊人的勇气和力量，击退黑暗，让自己变得坚强。

活在当下，时日安稳，草木清香，拈花微笑。

我们每个人都行走在自己的轨迹上，日复一日，步履匆匆，但是在平凡的日子中，也愿所有人都能有所得。

每一天都在付出，每一天也都在收获。最寻常的烟火气息，才是生活本来的模样。

而好的日子，都是通过内心的宁静得来的。

PART ⑤

拼尽全力，成为自己的女王

你大好的一个人，为什么跑到别人的生命里当插曲

1

喜糖敷面膜的时候中了荧光剂的毒。晚上关了灯时，脸亮得她以为自己被鬼附了身。

那天晚上喜糖顶着一张发光的蓝脸，她把自己想象成黑暗中的灯塔，或者是矿工头顶的那盏灯，甚至她想象着在某个突发灾难的夜晚，她的脸能成为一束光，照亮别人逃生的路。

那样想的时候，她觉得自己好伟大，甚至在夜里笑出了声。

喜糖是"面膜控"，那晚的愉悦心情让她还是欣喜地敷了一张大熊猫图案的面膜，还亲自下楼去倒垃圾。结果在快要走到垃圾箱的时候，"哎呀妈呀，有鬼！"一个帅哥居然被她吓到，不

过这个被吓到的人的第一反应居然是拿起手机对着她拍了起来。

喜糖冲过去对着他吼："你有病吧！遇见鬼也敢拍？小心我住到你的手机里去。"

当时，喜糖觉得自己的神情一定像个无所不能的女魔头。

男孩说："好的，不过我有心脏病，你把我吓死了我正好陪着你，要不你多孤单呀。"

喜糖从没见过一个男生撩妹撩得这么不要脸的。

她笑出声来："我宁愿灰飞烟灭，也不会吓死您，您老好好地活着。"

男孩说："我在学校见过你，我可是你的学长。"

喜糖只蹦出三个字："你有病！"

男孩说："我有蛇精病！"

2

第二天，喜糖在收完快递时默默在心里想，完了，以后可能会嫁给这儿的快递小哥了，毕竟他掌握了她的财政状况和购买习惯，看过她没洗脸、没洗头的早八点素颜，甚至连她敷面膜、戴浴帽的样子都了解得明明白白、真真切切。

喜糖从不觉得自己是大龄剩女，相反，她觉得自己活得很开心。

正在看韩剧想着自己未来的另一半时，她的手机上收到了一个消息。

"请开门，有礼物。"

门一打开，看到那天那个自称有"蛇精病"的男孩，他说："我来给你赠送我兼职公司的电影打折券。"

喜糖扑哧一声笑了，夜色中她的脸已经恢复正常，男孩笑得像是六月的阳光一样灿烂！

而喜糖只有一种被烤焦的感觉，六月的阳光太晒了。

从那天起，男孩每天给喜糖发消息，偶尔给喜糖送花，或者直接写个笑话字条塞到喜糖家的门缝，而喜糖不动声色地开始期待一场爱情。

一个月过后，喜糖和男孩一起吃了第一顿晚餐。

后来每周男孩都约她出来吃饭，送小礼物给她。他们聊人生、聊梦想、聊生活。

喜糖在心里想，快了快了，好像终于要等到那个对的人出现了。而且她觉得男孩一定会和她表白，因为她每天都会在固定的时间收到他的早安、午安、晚安，还提醒她按时喝水、按时睡觉、按时起床。

爱情来临之前，都是这样心生甜蜜吧。

3

三个月之后的圣诞节，男孩约喜糖出来看电影，喜糖因为公司有事，所以没能赴约。从公司忙完，路过商场的时候，喜糖本来想买一件礼物送给男孩，可是看到的却是男孩搂着另一个女孩的肩膀，从人潮拥挤的前方走过。

喜糖以为自己看花眼认错了人，揉了揉眼睛，那个背影再熟悉不过。

女孩捧着一束玫瑰花，笑得一脸阳光灿烂。

而那样的笑容，让喜糖想到自己第一次见男孩时的样子。

果然，这样的笑容太晒。

喜糖在心里安慰自己，人家从来都没表白过，不过是自己自作多情了，可是，男孩的各种行为，分明是喜欢她的呀。

喜糖心里很难过。

第二天，男孩约喜糖出来说是补过前一天的节日，他拿着一束玫瑰，吃饭前，他对喜糖说："做我女朋友吧。"喜糖看到男孩的笑容，还是那么灿烂。但是浮现在喜糖脑海里的只有一个字：烂。

喜糖没有说话，男孩有些尴尬，起身去了卫生间。

两分钟后，男孩的手机响了，喜糖无意间看到了那个头像，是昨天那个女孩发的微信消息。

喜糖心里突然有小小的邪恶，她点开手机，因为男孩的解锁密码是一个圆形，男孩曾经还开玩笑对她说："这个密码设置得特别有趣。"

手机里出现的是那个姑娘的消息："亲爱的，谢谢昨天陪我过圣诞节。"

而点开微信，喜糖找到自己的位置，发现被男孩设置了一个标签：正在发展的傻姑娘。

喜糖看到有这个标签的姑娘有五个人，其中两个人已经把他屏蔽掉。

所有早安、午安、晚安的消息都是相同的内容。那一瞬间，喜糖除了想高歌一曲：滚滚长江东逝水，再没有其他的感觉。

男孩从洗手间出来，看到面无表情的喜糖。

喜糖说："谢谢你这段时间约我，但是本姑娘大好的一个人，不想在你生命里当插曲。你为什么不建个女友群呢？让我们这些姑娘好好在群里交流一下。"

男孩看了看自己的手机，明白了喜糖的讽刺。他没有解释，也没有道歉。

这让喜糖更加厌恶。

喜糖拿起那杯已经冰冷的柠檬茶，泼在了男孩的脸上，那脸上像阳光般的笑容瞬间变成黑夜。

4

"请不要再来打扰我"，喜糖扔下这几个字，头也不回地走了。

不是不难过，是我们想象的爱情，总是容易被现实所涂改，我们预想的结局，都会像一个转折号一样，给我们与众不同的答案。

喜糖又开始敷面膜了，她依旧要美美地等待对的人出现。

人生中难免会遇到一些渣男，但并不影响我们期待幸福前进的脚步。

我们努力变得更好，努力用心生活，就是为了有一天，一个真正好的男孩站在我们面前，而你也可以骄傲地对他说："面对爱情，我已经都准备好了。不要狼狈、不要尴尬、不要做别人的备胎。"

爱情多么好，为什么一定要成为别人的插曲？

你大好的一个人，要做就做他的唯一。

而你，终有一天，一定会遇到那个对的人，陪着你人生无波澜，余生不悲欢。

我淋过最大的一场雨，是你在烈日下的不回头

1

有姑娘说，和心爱的他分手了，很多未完成的事情都没有勇气再去完成了。他们一起养的猫和狗，每次看到它们，心就好像被烈日灼伤一般难受。

我们等的那个人，终究是给我们最凛冽的寒冬。

本以为他会陪你到最后，可是他走两步就要打车。

通心粉说："我常在想象十年后我若遇到你是什么样子的，你最好大腹便便，最好早年秃顶，你最好得到你爱的人，但是你不快乐。我一定要在那个时候在你面前炫耀、嘲笑，再回家躲在被窝里为你的不快乐而不快乐。"

我曾看过一个失恋博物馆展出的藏品。

第十八件藏品是一个戒指。

小狸和他在一场晚会后认识，相恋。大学毕业后的那个夏天，男孩带小狸去见家长，因为小狸是单亲家庭，家乡又在异地，所以男孩家长并不同意。

再后来，小狸回家乡陪母亲，他们成了异地恋。

后来男孩喜欢上了另一个女孩，小狸连夜赶火车去徐州，在他家楼下，但最终还是什么都没有说出口。她呆呆站了很久，第二天一早，看着男孩的背影越走越远，小狸默默地去了回家的火车站。

男孩生日的时候，小狸用两个月的工资买了一对戒指，那是大学的时候，男孩对她说："以后结婚的时候，我就买给你。"

小狸把戒指寄给了那个男孩，盒子里附带着一张卡片："我知道，你以后会遇见让你求而不得百爪挠心的人，而我身边也可能有了别人，只是希望，我陪你走过的路，你千万不要忘。"

听朋友说，男孩收到戒指的时候，哭了。

小狸说，命运有多可怕，时光有多残忍。

2

失恋博物馆第三十二件藏品是一条围巾。

禾禾说，我和他离婚已经一年多了，我去酒店抓他出轨的那天，就围着这条围巾。

禾禾是地道的北方女孩，在南京读了四年大学之后，顺利地进了南京一家报社工作，他是和她一起入职的新同事。作为南京本地人的他，带着禾禾去栖霞寺夏天看萤火虫、秋天看枫叶，他们的恋情就像是玄武湖的水面，有波澜，没有风浪。

婚后不久，他跳槽去了电视台。他的温柔和呵护，在她怀孕第二个月的时候被抽走，很多个晚上，他都说他在加班。怀孕七个月时，她知道他出轨了。但是为了即将到来的宝宝，她还是选择了原谅。

直到宝宝出生后，她知道，他手机里的那个联系人一直都存在着。

那天特别冷，她拿着车钥匙，穿好衣服，戴上那条围巾去了那个酒店。

禾禾说，从那之后，她彻底告别了这个男人。

3

动画《萤火之森》里有一句话说：

时光终有一天会将我们分开，但是，在那天到来之前，就让我们一直在一起吧。

村上春树说，不必太纠结于当下，也不必太忧虑未来，人生没有无用的经历，当你经历过一些事情后，眼前的风景已经和从前不一样了。哪里有人会喜欢孤独，不过是不喜欢失望，谁都有自己的伤心事，成熟不过是善于隐藏，沧桑不过是无泪有伤。

《一个陌生女人的来信》里，便有那样最单纯的爱情。

"你，我的亲爱的，同我素昧平生的你。"

世上最珍贵的，便是一个少女不为人知的爱情。爱的人知道，被爱的人不知道。

她说："除了你再也没有什么别的东西使我感兴趣；我本着一个十三岁女孩的全部傻劲儿，全部追根究底的执拗劲头，只对你的生活、只对你的存在感兴趣。"

后来你发现曾经那么爱的人好像都忘记了，失败的恋情好像在心里也不再那么耿耿于怀了。有多少次你以为的天长地久，最后都成了相忘于江湖，但无论好坏，你总会遇到更好的爱情。

总要允许受过一些伤，才能换来真正的成熟。

4

你还记得大明湖畔的容嬷嬷吗？

你还记得《情深深雨濛濛》里的如萍吗？

如果你记得，那你一定不会忘了林心如。

林心如曾说："我又不是被剩下，是自愿剩下的。"

十年前，林心如和霍建华在《地下铁》结缘。

我还记得《地下铁》的漫画我看了无数遍。几米说："有时候，我觉得已走到世界的尽头。在这个城市里，我不断地迷路，不断地坐错车，并一再下错车。常常不知道自己在哪里，要去什么地方？常常迷迷糊糊闯入很多雾的沼泽，深陷泥潭进退两难。还好，守护天使一直眷顾着我。"

当成为情侣的他们一起去看演唱会，像一对普通小情侣那样，坐在观众席上，甜蜜地拉着彼此的手，即使被大量粉丝和媒体包围，他也紧搂着她，给她无尽的保护。

那个画面让所有人都觉得：他们等到了。

爱你春光明媚的可以有很多人，爱你风卷残荷的，一人足矣。

与爱的人即使相伴淋雨，也宁愿人世间的风雨别停天别晴。

就像有人说的，我想请你能不能晚点喜欢我，给我一场不赶时间的爱情，慢悠悠地一起晃到老就好了。

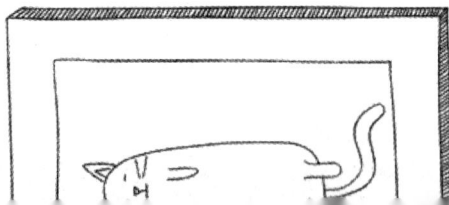

没什么错过的人，会离开的都是路人

1

珊瑚和男朋友分手了，她哭得一塌糊涂，顶着冲刷下来的睫毛膏跑到男友家门口，撕心裂肺地敲着门。男朋友只回一句："你不要这样，我们不合适。"然后就关上门不再露面。

珊瑚哭喊了一阵，被门口的保安大爷发现，大爷说："好端端的一个闺女，哭啥哭，这小子我经常见他带姑娘回来。这样的男的，你有啥可哭的。"

那一瞬间，珊瑚停止了哭声，她觉得自己应该收拾行装去竞争一下绿色环保大使，感觉自己和绿化带的小草一个颜色，都是绿的。

回家后，珊瑚仍沉浸在悲伤中无法自拔，她知道自己遇人不淑，知道花心的他早晚会离开，可是，她心里还是有那么多的舍不得。

在家一个人喝得酩酊大醉，把芒果当成手机给男朋友打了一个小时电话，然后跑到楼下花坛对邻居说她是一朵花，要他们给她把土埋好，她要开花了……

就那样断断续续地折腾了一个月之后，珊瑚想明白了，能舍得让她如此伤心的，离开也不必遗憾。

珊瑚剪了短发，穿上了之前一直喜欢的运动装。谁说只有裙装才美丽，运动装一样可以穿出自信和美丽。

从那以后，珊瑚学会了更好地去爱自己。

如果没有人爱，那就用更多的时间爱自己。只有离开错的人，才能遇到那个会用生命保护你的人。

前几天，我看到珊瑚在朋友圈里发的消息：

我喜欢这个世界，也喜欢崭新的自己。

配图是在海边她和新男友手牵手的背影。

2

我们用心而活并不是为了什么遇见谁，而是为了遇见更好的自己。

就像朱茵谈起二十年前与周星驰的那段感情，她更多的是一种平静。而现在的她眼里只有老公黄贯中。如今的朱茵，褪去了紫霞仙子的光环，在生活中有一个经常秀恩爱的老公和一个可爱的孩子。当年的往事已经过去，她也不再是那个期待身披金甲圣衣、脚踏七色云彩的人来娶她的女孩，因为她身边刚好有一个珍惜着她也爱她刚刚好的人。

某天你一定会感谢那个不爱你的人，感谢那个你曾深爱着却离你远去的人。因为你错过了他，却赢得了自己。

李宗盛在和林忆莲离婚后，那句著名的歌词也道出了心声：

我们的爱若是错误，愿你我没有白白受苦。

在多年之后，李宗盛在演唱会上，和大屏幕上播放的林忆莲影像一起隔空完成了《当爱已成往事》的合唱，还是几度哽咽，掩面强忍泪。

爱过痛过，依旧幸福地站在台上唱歌。

有人说，年近五十岁的林忆莲，比从前好看。人们震惊于她的隐忍进取，一个活出来的女人，最大的诀窍是什么？不是别的，正是那种决然、悍然、凛然面对生活真相的勇气。

结束一段错误的爱情，我们收获的不仅是眼泪，收获更多的是让我们懂得如何变成更好的自己。

3

有没有爱情，都不影响我们此时活着的喜悦。

每天晚上十一点，我都能在手机上看到一个有自己工作室的姑娘发的动态，她说："慢慢明白，生活不会因为某个节点而变得与众不同，未来的幸运，都是过往努力的积攒。"

我们为什么要努力，因为这个世界存在那么多的相忘于江湖。

当你足够坚强，把自己变得更好，然后去遇见更好的人时，才能在错的人挥手告别的时候有勇气对他大声地说："请有多远滚多远，没有你我也可以过得很好。"

而我也喜欢那些自带能量的人。他们懂得，有了爱情，我陪你一起变好，没有爱情，我会先把自己经营好，并且始终相信，那个对的人永远不会缺席。

生活从不会因为你脆弱而总是给你圆满，在遇到对的人之前，你总要经历一些不易，你所有的眼泪，只为在那个对的人出现时，可以对他说："为了遇到你，我知道我的眼泪没有白流。"

不要难过，没什么错过的人，会离开的都是路人。

那个在终点等你的人，就在前方。

爱是日久生情，不爱也是日积月累

1

我们总以为，结了婚以后，一切就不同了，就会都有一个全新开始。

就好像开学的小学生，准备好崭新文具，以为生活从此可以不同。

就好像千禧年，只不过也是个寻常的日子，却被太多人赋予太多的期许。

有些姑娘总觉得结婚之后一切就都会好了，好似所有的材料都准备好，做出来的饭就一定好吃。

实际上结婚只是生活的一个开始，持久战才真正打响。

有时候我们总是会怪父母唠叨，家长里短，柴米油盐，怪他们总是操心这操心那，不能为自己而活。

可是，我们越长大越觉得当初自己的想法多么自私。

正是因为她们的付出，才有我们生活的安稳。

有人说，我们误以为的爱情和面包之争，在真正的爱情面前轰然瓦解。我们缺的从来不是面包，而是坚信可以挣得面包的勇气和信心，恰好，给你信心的绝大动力，是来自你的爱情啊，因为相爱，所以可以化身超人披荆斩棘，可以抵御世事艰难。面包让我们维生，但爱情让我们选择与谁同度一生。

岁月面前，我们都是壮士。

2

我身边有个姑娘，结婚前和男朋友特别幸福。男朋友对她也百依百顺。

结婚以后，由于婆媳矛盾，导致家庭战争频发，而她的老公也越来越情绪化，一家人为了一点小事就争吵不休。

有了孩子之后，在坐月子的时候婆婆就和她大吵一架，后来又因为带孩子谁付出的多，各种生气，她说，有了孩子之后，她没有一天感觉到自己是快乐的。

其实她本来是个开朗豁达的姑娘，可是却被婚姻中的矛盾纠缠不休。

她说，我好怀念我们刚在一起的时候，可是，走着走着，一切都不一样了。

之前她的小脾气，她吃饭时的狼吞虎咽，她胖胖的身材，在他眼里都是宝，有小脾气的人才有个性呀，一个可爱的吃货谁不喜欢呢，胖胖的身材才更有抵抗力。

甚至他每一次看她的样子，都是宠溺。

可是这些年过去，他看她的眼神，从前的光亮已经变成一堆死灰。

他不再嘘寒问暖，而是抱怨她不收拾自己；他不再那么温柔，而是责怪她没有经营好生活，因为一些小事，他就和她冷战很久……

很多痛苦都是冷战后的放大。

有了第一次冷战，他们的矛盾就更加激化。

她开始心里结冰，不再沟通，不再一起吃饭，觉得怎么样都是折磨。

她婆婆说："你们离婚吧，孩子你带走或者留给我！"

那么决绝的话，像刺向她心里的一把刀。

她知道这场婚姻从一开始就有太多的隐患。

她不应该当着她婆婆的面在结婚前就埋怨她老公，也不应该和婆婆没完没了地吵架，更不应该在有了婚姻之后还和老公各自计较，磨光了所有的温柔。

3

很多时候，她都会想想和他在一起的这些年。

五年前，他们相识，他每天都在楼下等着她，每一次小别离，他们都舍不得。他支持她的所有想法，她亦感恩他为她付出的所有。他们无数次想象着未来生的小孩是什么样的，想一起去看更好的世界。

只是，结婚后，她第一次和婆婆吵架，第一次生气摔东西，他第一次那么讨厌她，他不想再理她，他们心中的爱，被那些日常小事阻挡了，他由着自私蔓延，她由着委屈滋生——他们的爱，被消磨殆尽。

她曾经觉得每天那些包容和互相理解都很浮夸，认为一个人只要爱你就需要爱你的全部。当她快要失去这份感情的时候她才明白，两个人的包容，比"我爱你"更平实可贵，就像是做饭，当有了好的食材，没有好的锅和火候，一样会烧煳。

缘分让我们真正成为彼此的亲人，而日渐疏离让我们成了彼此的敌人。

前段时间，我再见到她，她消瘦了不少，语气中再也没有抱怨，却也没有了初谈他时的激动，只是淡淡地说："为了孩子，先凑合过吧。"

那一刻，我很心酸，昨日最亲的人，真的变成了最陌生的人。

4

我原来以为爱是日久生情，其实不爱也是日积月累。

我们终究要知道，人生是一段又一段的旅程，一路上相守陪你看风景的人，请你珍惜。

如若不爱，请一开始就远离。

请不要让生活中的琐碎成了日积月累的伤痕。

只有共同经历了那些最坏的时刻，却依旧能坚定地在一起，那才是最好的事，也是爱情最好的样子。

男人最不愿意听到女人说："你之前不是这样的……"

女人最不愿意听到男人说："你这么想我也没办法……"

每对情侣的爱点、痛点、爆发点各不相同，只要想在一起，就别瞎爆发，一句话说不对，爆发，一件衣服买不对，爆发，一个眼神不对，爆发。

坏的爱情，让你自己变成了一座活火山，不定时地爆发。并不是每个人的爱人都完美无缺，并不是不爱就是不爱了，不爱的背后，隐藏了太多的纠结。即便最恩爱的夫妻，一辈子里，都至少有两百次离婚的念头和五十次掐死对方的想法。

真正的爱情，是让我们彼此变得更好，不为柴米油盐的平淡而埋怨，也不想着总改变对方，因为每个人的家庭环境、生活氛围不可能都相同，要学会接纳和包容。

我们经常困惑怎么样才能经营好爱情、经营好家庭，或者身边的这个人够不够好，值不值得我们付出。实际上，最好的那个人，往往是每天陪你吃饭、陪你生气、陪你扫尽一地鸡毛的那个家伙。

千万不要和最爱的人相守一小段路途之后，只留下两个字：爱过。

如果为爱红了眼，就把往事一饮而尽吧

1

听赵雷那首《成都》的现场时，我看到身边的杨姑娘哭了。

在那座阴雨的小城里，我从未忘记你。

成都，带不走的，只有你。

和我在成都的街头走一走，

直到所有的灯都熄灭了也不停留。

你会挽着我的衣袖，

我会把手揣进裤兜，

走到玉林路的尽头，

坐在小酒馆的门口

……

杨姑娘听那首歌也哭得稀里哗啦。她是地道的北方姑娘，去成都读的大学。

杨姑娘总是会和我说起她和前男友第一次见面的场景。

大学报到的时候，学校让他们填一份自我简介，里面包括体育强项。学长告诉杨姑娘不要写那种运动会用到的项目，不然以后开运动会会强迫学生参加。于是杨姑娘写的是高尔夫、滑雪之类的。本想转过身提醒后面那个很帅的男生，结果一看他写的体育强项是双脚踩灯泡、胸口碎大石。

当时杨姑娘憋笑差点憋出内伤。

后来他们成了大学里的同班同学。

那年杨姑娘二十岁，刚考上大学，戴着牙套。

那时她最喜欢的电影就是《初恋这件小事》。

戴着牙套下课跟朋友讲笑话，他正好路过，杨姑娘笑到忘情时张着嘴不小心挨在他的肩膀上，然后牙套的钢丝就挂住了他毛衣上的一根线，她不知道当时是怎么取下来的，只记得线被拉得好长，从那之后，他再也没有穿过那件毛衣。

后来，她就成了他的女朋友。

在食堂吃饭，杨姑娘和他闹着玩，用脚踢他，用力过猛，鞋不小心飞到了别人的碗里。

好像未来的生活的所有场景，他们都一起想象过。

他们一起度过了最快乐的大学时光，某个假期过后，杨姑娘对他说，你好像又晒黑了，头发也剪短了，背影越来越帅啦。男友说，我们分开了一个假期，我怎么感觉像过了十年那么久，但是见到你的那一刻，又觉得好像只是在教室门口等了你两分钟。

他们一起吃遍了成都的小吃，一起在下雨时牵着手跑到自行车棚躲雨。

他们一起看日月星辰。

可是在毕业前一个月，杨姑娘发现男孩和另一个女孩拉着手在校园里亲吻。

不是那么爱吗？

明明说好的要永远在一起，可是等来的是无情的分离。有时候，不论你精确到哪一分哪一秒，分开往往比未来先来。

与爱的人分别，最大的痛苦或许是，原本计划要两个人一起做的事情，最后都不得不自己完成。

每次说到男孩，杨姑娘总是说："那个笑得很好看，会弹吉他给我听的男孩，走丢了。"

2

北方有佳人，绝世而独立。一顾倾人城，再顾倾人国。

多少姑娘都向往着凤冠霞帔的结婚照片。喜庆的红，印衬了美好容颜。贴近俗世的温馨，身后的中式建筑散发出木质的清香，由左眼角起拉向旁边的大红灯笼，闪耀着不曾停歇的热闹。大红色点亮人们的视线，无与伦比的中国红，衣裙婉转，大红绣鞋，素雅精致。红盖头半掀，眼里眉间，笑靥如花。

可是让那些姑娘伤心的是，良辰美景终是一场空。

有的姑娘说："我连我们八十岁的样子都想好了，我们还是分手了。"

我曾看过一个帖子问大家，为什么不能和前男友联系？

最赞回答说："因为你还不到火候。如果因为经济实力被分手，待你年薪秒过他十倍的时候可以联系；如果因为你任性而分手，待你修炼化身真正精神独立情商高的成熟女性时再联系；如果因为你颜值不够高而分手，等你健身练出马甲线、美容化妆提升穿衣品位，成为女神的时候再联系；如果因为他自身劈腿而分手，那你等到从外形、性格、经济实力等都甩那个插足的第三者十条街时再联系。在没有强大到可以俯视他的时候，再联系真的是自取其辱。要有机会碰见，你也要是光芒万丈。"

所以在杨姑娘听到那首歌哭的时候，她已经准备要踏上去异国的旅途。

和男孩分开后，杨姑娘大学毕业至今再也没有一个人回过成都。她害怕走那些熟悉的街道，想起那些熟悉的画面。

有些天真致命伤，终究是忘不掉的。

杨姑娘记得《武林外传》有一集，郭芙蓉把辣椒当洗面奶用了，结果整个脸都是红肿的，哭着说嫁不出去了，然后吕秀才对郭芙蓉说："你嫁给我吧，我记得你漂亮的样子。"

而那个说自己是最漂亮的人，已是多年未见。

那个曾经为了男孩可以整夜不睡只为了织一条围巾的姑娘，那个每天早晨都会定时打电话叫男孩起床的姑娘，那个为男孩挡酒、一口气喝下一瓶啤酒的姑娘，那个在男孩面前笑得肆无忌惮的姑娘……再也不见了。不见的还有青春年少时的爱情。

3

很多时候，我们陪着喜欢的人走过漫长的马拉松，可是等在终点的，却是别人。

小琪异地恋。坐了一千二百公里路程的车，去见男朋友。可是男朋友没有见她，她在男朋友的学校门口吃了个肉夹馍，就坐火车回去了。

肖豆豆暗恋一个男生十年。十年间，两个人一句话都没说过，上大学分开后，她只知道他在海南。某个"十一"，她坐了十几个小时想给他惊喜，百度找到了他的学校，等了很久很久看到他拉着另一个女孩的手。她一句话都没说，转身就去了海边。看了海后，她返程回家。

你的天涯海角，却是我的海角天涯。

我曾听过一段对话。

"在吗？"

"嗯。"

"有件事想跟你说。"

"嗯。"

"我喜欢你。"

"嗯。"

"是自动回复吗？"

"不是。"

好姑娘，愿你们一生因爱和被爱而有恃无恐，野蛮生长。

希望你能遇到温暖你心的那个人，愿他陪你度过每个春秋冬夏，就算终有一别，也请不要辜负你们的相遇。

谁还没有个失恋的时候，如果为爱红了眼眶，那么就请把往事一饮而尽。

和别人谈起你，是我想你的方式

机器猫陪了大雄八十年，在大雄临死前，他对机器猫说："我走之后你就回到属于你的地方吧！"机器猫同意了！大雄死后……机器猫用时光机回到了八十年前，对小时候的大雄说："大雄你好，我叫哆啦 A 梦。"——人生若只如初见！如果让我选择，我还是选择去遇见你！

1

生活中，有一个愿意陪你"2"的朋友很重要。

普罗旺说，朋友跟她合照，上传朋友圈，从来只 P 她自己的，朋友发的永远都是朋友唇红齿白、晶莹剔透的面容，她在旁边粗糙得像个铲屎的，但是她提起那个朋友，依旧满满都是笑意："谁让我们认识这么多年呢？拿她没办法。"

小恐龙说，有一次和好朋友逛街，朋友突然像发羊痫风一样，指着马路边电线杆上的牛皮广告，大吼了一声："老娘的狐臭终于有救了。"她永远忘不了周围那些醉人的眼神。

梦之说，有一次，她陪朋友去医院体检，尿检的时候医生给每个人发了一个小纸杯，其实接一点就够了，朋友偏偏接了满满一杯尿，当朋友小心翼翼地端到护士面前时，护士大姐直接愣住了："哎呀，你这是敬酒来了呀。"

我们身边，是不是也有几个这样有趣、逗比的朋友，你会不会和别人谈起她的时候，也会眉眼带笑，有一种感情，和爱情无关，那就是陪我们走过这些年，知道你最多糗事的那个朋友。

人五说："我巴不得你脾气古怪只能和我相处，一辈子嫁不出去，只能做一个孤僻的小老太太，深居简出在家追剧撸猫，随时可以接我的电话、应我的邀约，时刻准备好面对我的牢骚和炫耀。但是我爱你，希望你能住在有圣诞装饰、灯光明亮的大房子里忙于家庭琐事，哪怕再无话题逐渐疏远，也想你得到幸福。"

夏尔说："如果我与你一起陷入泥潭，我是希望你能出去的，因为你出去了能拉我一把，让我也摆脱困境；如果我太重，你实在拉不出去，那听你给我讲讲别处的风景，也不错。"

而我想对朋友说：

谢谢你们一路相随，愿所有人，都心如所愿。

2

我想起几年前的春节，我陪洋逛街，她买了一件红色的大衣，穿上去人面桃花，笑容清澈。她在我心里一直是快乐的丫头，曾经的我们穿过拥挤嘈杂的人群，穿过川流不息的车辆，穿过肆虐的阳光和飞扬的尘土，向前走。现实中，她用清澈如孩子般的目光带一点欣喜和探询看着我时，我就知道，她是那么用心地去生活。

如今，我突然感到时光的滔滔，我们一起看岁月变迁、人世纷繁，一起唱年年岁岁、今朝明天。她给我的感动，那些一瞬，也是永久。我想对她说：希望她永远幸福。我想她一定会笑起来，像个孩子。

这么多年，我们不浓烈、不稀薄，不离不弃得恰到好处，是很多朋友的鼓励给了我那么多勇气，让我自己去种植并经营人生里的美好。只是，总要等到过了很久，才知道我们曾经历的东西，在后来的日子里，会成为我们继续跋涉的理由。无论晴天雨天，都成了我们心底小小的纪念。

四季轮回，愿所有人都能够勇敢地去爱生活。无论走多远，都会带着自己最初的信仰。

3

有人说，选择最适合自己的方向，一意孤行走下去，找到生命中最确定的信息——那些相似的人或事物终会走到一起，那些不相似的人或事物，终会背道而驰。

我和别人谈起的，还有生活的这座城。这座城就像是一个温柔恬静的少年，清秀的眉眼，大大方方的爽朗，脸上常常挂着一抹恬淡的微笑，让人看着心就不由得平静下来。或许它不如一线城市的繁华富丽，灯红酒绿，让人不由得晃花了眼，晕了心。也不像是贫瘠的小城，让人们活得贫乏，劳碌得像一块铁，失去快乐的能力。它就像是一块不断被描绘的图画，绣出一团和气，也像是千树万树的梨花，不断盛开。

或许生活最好的状态，很简单，不管漂荡多少年，不管是富贵或者贫穷，只要每天清晨按时醒来，有一杯热气腾腾的牛奶，有事做，有人爱，你的眼神依然清澈，你依旧可以在复杂的社会中像奔跑的小鹿，也不必沉溺于浮名如迷途的羔羊，你只是一个愿意关爱他人也被他人呵护着的人。

生活中有那么多的不如意，却总还是会在心里有那么一个地方、一扇明媚，只为抚慰你所受过的伤，等待你重新出发后的归来。

4

树梢上最后一片叶子都悄无声息地变绿了，安稳地躺在路过行人的视线里。穿着平底鞋走在路面上有温温的阳光暖意，云在蓝天里缓缓转悠，被风剥开一层层白色的柔软，瞬间清亮了整个世界。

在阳光炽烈之前晒晒太阳，清晨起来为植物浇浇水，虽然每天的开始并没有什么不同，但是因为季节的改变，一切都变得充满生机。栅栏外边的那些花儿，都开了。

我想对很久都没联系的你说一声：

别来无恙。

我们好久不见，我们诚意满满。

他有他的清风醉酒，你有你的烈风自由

你说你要和我共白头。

我染完你又说我非主流。

1

　　我在单位整理档案的时候，想起了刚被分手的默默，曾经那么相爱的两个人，一下子分开了。担心她一个人难过得是不是不想吃东西，于是给她打电话，约她出来吃饭。

　　总觉得，经历一场恋爱，女孩子总是要更伤感一些。有一些被情所困的姑娘，不是从吃货变成了一个厌食患者，就是从原来的肤白貌美变成了粗糙的头发油腻腻的大姐。她们自暴自弃，自我摧毁。

　　于是电话拨通了之后，我语气很温和地问她："明天周末，一起去吃个饭。"她在电话一头大笑道："感谢你，总有人在我成为胖子的道路上助我一臂之力。"

听她说完，我在电话这头感慨她的心大。转念一想："或许受的刺激太大，所以先用吃来麻痹自己。"

第二天，我见到她。

依旧是华丽的森女系，脸上的妆容精致，丝毫看不出失恋的疲倦。

"失恋不难过吗？"我问她。明明之前说好的是要走到婚礼红毯那一天的。

"难过呀，可是越难过，才越要让自己对得起自己，爱自己是终身不会结束的恋情。"默默的语气很坚定。

"刚分手的时候，我觉得我要死了，我无法再面对每天醒来的那一刻，觉得脑子里，甚至呼吸里都有他。但是，后来我想明白了，我们相遇一场，虽然无法走到终点，但是我们都给了对方那么多好的回忆。无法走下去，自有无法走下去的苦楚，唯有变成更好的人，才对得起自己放手。"

我想起宋丹丹说的一段话："我觉得我跟谁在一起舒服就在一起了，包括朋友，我累了我就躲远了，你喜欢我我喜欢你，我们就在一起。我们都不喜欢，千万不要在一起。所以人要经历苦，不要害怕失败，真的福兮祸所伏，祸兮福所倚。我真的有一阵，就是特别绝望，但我回头看，我以为我的每一步都是坎坷，其实真的，每一步对我来说，都是在上台阶，让我成为今天的我。干吗要挽留呢？我不挽留任何人，任何人不愿意和我在一起，都可以有他们的自由，再见，不远送。"

2

我想到大学里的一个学姐，长得很美，但是有先天小儿麻痹症，走路一瘸一拐，很多时候都有人投来异样的目光。

后来有一个男孩开始追求她，他们开始恋爱。

总能在校园的某一个角落看到他们，男孩没有女孩高，但是走路的时候总是小心翼翼地扶着她，他们一起去食堂，一起上自习。

当时我还在心里暗暗地羡慕那个学姐能够遇到真爱。

可能是因为别人异样的眼光，也可能因为彼此的个性不合，没过多久，男孩和那个学姐分手了。

本以为学姐一定会就此消沉，没想到她却活得更勇敢。

学校的演讲比赛有她，主持人大赛有她。

虽然走路不便，但是说起话来总是铿锵有力，打动人心。

而且学姐并没有因为自身的残缺就躲在人后，她喜欢穿到脚踝的连衣裙，不走路的时候，根本看不出腿部的缺陷，每次都美美地出现在校园的图书馆和自习室，渐渐地，人们的非议少了，取而代之的是羡慕和认可的赞美。

我时不时看她发朋友圈，现在的学姐，已经嫁了人，生了健康的宝宝，她说，正因为之前的那场恋爱，才教会她无论何时，都要做好自己。越在意别人的评价，爱情失去得越早。

那些错过的人，都是生命中的插曲，也正是因为有这些插曲，才能有更完整的旋律。

对于爱情，我们遇到的人，教会我们变得强大。

3

安轩和女友异地恋三年分手，他说，我羡慕那些和她在同一个城市的人，可以和她擦肩而过，乘坐同一辆地铁，走同一条路，看同一处风景，他们甚至还可以在汹涌的人潮中不小心踩到一脚说"对不起"，再听到"没关系"。他们那么幸运，而我只能在异地对她说一声："照顾好自己。"

几年前，八月长安在上《天天向上》节目时，以玩游戏的形式被一个北大的师弟表白。那个男生这样表白道："相爱的两个人总要有一些相似的地方，他们可能喜欢一样的风景，可能喜欢一样的菜，我们都在同一个园子里面待过，虽然不在同一个时空里，但是总见过一样的事情，吃过一样的饭，吃过一样的菜，所以我想为什么会在人群中第一眼看到你，可能就是这种共同的东西，抓住了我的眼睛。这种感觉酝酿得越来越久，让我看到你时，总想到，我住过的那个园子，那些风景，那些过往的经历。所以我希望，你在我身边，让这种感觉一直长久下去，直到没有尽头。"

八月长安这样回答："我十分感动，但是，这个园子里面可能有几万个人，几万个人当中有你也有我，或许我不应该停下寻找的脚步，单方面的爱太过炽烈，就相当于是在逼对方作恶，请你不要逼我做一个坏人。"

这只是一个游戏环节，但是现实的爱情，有多少会让对方感到束缚和不快乐？

他有他的清风醉酒，你有你的烈风自由。

不要强求不合适的爱情，阳光很好，我们各有各的路要走。

PART 6

愿你一生可爱，一生被爱

愿你找到自己，能爱人也有人爱

1

很多次，我都听到这样的话："我和他终究还是错过了啊。"

就像是喝饮料终于中奖，欢天喜地拿着瓶盖找老板，老板说："不好意思，活动已经截止了。"你喜欢一个人很久，终于有一天向 ta 表白，ta 说："不好意思，我已经属于别人了。"

曾听到一个女孩说："想来想去，还是努力赚钱更靠谱，不然心情不好时，只能买两瓶啤酒、一袋辣条，坐在路边哭。努力赚钱的话，就能躺在幽美的山中温泉里敷着面膜流眼泪，努力赚钱我还可以去纽约哭、去伦敦哭、去巴黎哭、去罗马哭，边潇洒边哭、想怎么哭就怎么哭。"

我想起几年前，我和几位作者前辈去大学校园里给同学们讲如何阅读和写作。互动的环节中，有个女孩举手问我，她说："如何跟自己喜欢的人表白？"全场同学哈哈大笑，而我也只是很片面的告诉她，只要喜欢，就勇敢去表白，不要怕被拒绝。

　　但是四年后，我再想到这个问题，我会说，有时候，我们喜欢的不是某个人，而是属于我们自己的方向。你要明白那个最真实的自己，然后经营好自己，不管美丑与条件，只要肯沉下心来，认真过好每一天，时间，终究会让对的人站在你面前。

　　当我们喜欢上一个人的时候，眼里眉间都想要长成他喜欢的样子，可偏偏有时候他会说：执子之手，如同猪肘。

　　但是，如果真的彼此相爱，就是长成猪肘，在对方眼中，也是清新脱俗。

　　因为想要向心爱之人证明：你鞋多大，我脚就有多大，我们怎么样都很配。

2

　　我在网上看到一个帖子，一个男孩问："女朋友脚太大，该不该分手？"

　　我好奇地点开，以为脚有多大，原来男孩要给女孩买鞋，问女孩穿多大码，女孩说 37 码，男孩说一直以为女孩脚 35 码，脚这么大，不喜欢。

我看到帖子下的评论。

A 说："我以 39 码的脚一脚下去能把他踹得不孕不育。"

B 说："那我长的估计不是脚，是船。"

C 说："穿了这么多年的 41 码咋啦，一直买的男鞋咋啦，不知道脚大江山稳啊！"

这个我最有发言权，因为我的脚就很大，每次我逛街的时候，看到漂亮鞋子总会想试一试，但是小高跟鞋穿我脚上瞬间就跟塞了很多食物的仓鼠的嘴巴，圆鼓鼓的，没了造型，看到精致的系带凉鞋，穿上去像是一个大面包被绑上了网带，我承认现实中我的脚太大，穿不下童话里的水晶鞋，但是好在我遇到了那个对我最好的人。

所有的嫌弃都是在为不爱找理由。

有时候他说喜欢你，又没说只喜欢你。

我认识一个姑娘，长得漂亮，身材很好，而且性格温柔，工作上进。像这样的姑娘真的很像现实中的完美女神。

她喜欢阅读，努力健身，颜值和内在努力成长。

而她的男朋友也是一个很帅、很有品质的人。他们一同去旅行，一同搞怪，一同看日月星辰。这个姑娘说，我崇拜他如英雄，他宠爱我似孩童。

这让我想起胡杏儿说过的一句话："我的前前任和前任都很

棒，他们一个教我做温柔的女人，一个教我做成熟的大人，但我最喜欢现任，他教我做回小孩。"

3

世界上最好的爱情，是从遇见自己开始的。

嘉禾刚过二十六岁，成立了自己的广告公司。三年前，她二十二岁，是一个国内不知名大学的一名普通文科小妹。没有任何背景，没有任何成绩，奖学金没拿过一次，体育课跑步从来不及格，没有离开过家乡半步。说话声音低低的，就是那些大牛上一趟厕所都会遇上好几个的办公室里不谙世事的小年轻实习生形象。

可是毕业后，在没有任何经验的条件下，她决定自己创业。

她身边的人，几乎没有一个人理解她的决定。他们都说她疯了，以她这样的情况去创业，读着一个离奇古怪的专业，一个不咸不淡的学校，创业会死得很苍白。说她不过是一时头脑发热，最后能毕业找到个工作就不错了，如果真能成功就是走了狗屎运了。她说："的确，我有狗吃屎的运气，但我也有狗吃屎都吃不完的毅力。"当时直觉告诉她，应该做自己喜欢做的事情，她要看看真实的自己到底有多大实力。她的底线是，给自己三年折腾的时间，如果失败，不就是重新再来吗？有手有脚，又不会饿死。

就这样，地狱般的生活开始了。有些创业者刚开始的生活都是非人的生活，为别人打工时你的生活是生活，工作是工作。一旦开始创业，你的生活将与工作合二为一，就那样坚持了两年，嘉禾华丽丽地失败了。

嘉禾说，失败之后，反而明白如何善待自己的梦想，不再想要像尖锐的冰凌一样把生活捅个大窟窿，而是在生活面前，自己的内心更柔软了，更懂得如何去掌控自己的人生。

虽然创业失败了，但是嘉禾在创业的途中遇到了自己的爱情。

他们是一同创业的伙伴，他被她的勇敢坚韧所打动，她也欣赏他的果断和包容。

第三年，他们带着前两年失败的创业经验，重新开了一家小型的广告公司，经营得风生水起。

4

曾看过一则新闻，一个国外的姑娘克利斯提走到哪儿都带着她的断脚。在克利斯提的脚患上了一种罕见癌症后，截肢是唯一能阻止扩散的方法，她询问了是否可以留下自己的断肢作为纪念，一个月后她与截下的右脚再次见面了，右脚已经经过清理和重新组装固定，后来她走到哪儿就把右脚带到哪儿，陪着她一起看山川河流，日出日落。

我们的生命只有一次，在有限的时间内，去成为更好的自己。

更好的含义并不是外在的形式，而是我们内心的收获。

善待生活，愿你能爱人也有人爱。

有个姑娘说，中学语文课上，她的作文被当作范文读出来，题目是《天使的微笑》。同学们那时候听到题目就开始起哄，意味深长地看着当时喜欢这个姑娘的那个男孩，起完哄后，姑娘向窗边的他看去，斜阳正好照在他的脸上，他则低着头微笑着，姑娘永远记得那一幕。

如同，最好爱情的开始。

希望有个人，为你赴汤蹈火还乐此不疲

世界上最动人的情话不是"我爱你"，而是"我一直在"。

1

钱锺书写给杨绛的那段话：

遇见你之前我从没想过结婚，遇见你之后我结婚这事从来没想过别人。

我在网上看到一对恋人相爱十年，异地九年，从校服到婚纱，他们再次证明，再远的距离和时间终将败给爱情。

有人问女方："你在何时决定非他不嫁的？"

她说："大夏天，我们去看房子的时候，穿凉鞋的脚磨破了，他就去买了冰的饮料和创可贴，饮料拧开给我，蹲下去给我脚上贴创可贴，超市门口那么多的人，我都不好意思，他一脸心疼地看着我的脚，当时看着他出汗的额头，我就决定是他了。"

她说："夏天的晚上，我穿超短裤和他在外面吃东西，被蚊子咬到满腿都是包，他卷起裤腿心疼地说：'该死的蚊子来咬我，别咬我媳妇儿。'大概是那一刻，我决定就他了。"

她说："他离我有八百七十二公里远，我晚安前的一句'想你了'，他搭乘半夜1点多的飞机来找我，然后紧紧地抱住了我。"

她说："我希望我们以后的房子无须太大，阳台有草有花，中午晒着太阳睡在了躺椅上，偶尔闹闹脾气，我哭，你哄，你怒，我聋。我们记性都差，吵了架扭脸就忘。踏着夕阳西下，一路上聊得嘻嘻哈哈。"

2

三十岁那年，依旧单身的井姐还是一名上市公司的精英白领，化着精致的妆容，裹着干练的职业装，做着忙碌的空中飞人。

突然毫无征兆地，她辞职了。

她说："其实工作的烦琐，并不能让我有辞职的念头，只是总有一个想法，在我的脑海不时闪现，远方肯定还有另一个我，在等待着我去与她相遇。"

辞职第二天，井姐背上包，去了甘肃省南部的郎木寺。当她到那里的时候，那种安宁让她倍感安心。

也许郎木寺已在这里等了她千年，也注定有一场缘分等着她，就在她刚到的时候，一个大高个站在她眼前，"你好，我帮你拎箱子吧。"

抬头望一眼，便是一眼万年的爱恋。

后来他们相爱了，留在郎木寺，开了一个属于他们自己的客栈。

"留在偏远的藏区，不后悔吗？"

"仅仅是路上认识的人，不怕他不靠谱吗？"

"这个年纪了，还相信一见钟情吗？"

各种各样的疑问纷纷涌来。

井姐的回答也从来没有变过，"一生那么短，何曾想明天会是什么样，爱他也就相信他，觉得值得就去做了。"

他们亲自搭建、改造房子，井姐说这样改造的房子才像自己的家。

他们的客栈受到了很多客人的赞赏，来自天南海北的人，来自天南海北的感动。

以前的井姐，总是忙碌却觉得自己碌碌无为，现在的她内心宁静，在自己的家门口发呆都能坐一下午。曾经光鲜亮丽，众人簇拥，不如现在的布衣布裙，却有爱人相伴左右。

有人问："三十岁，谈一场疯狂的恋爱，还晚吗？"

有人回答："听从自己内心的声音，什么时候都不晚。"

3

我认识一个姑娘，很胖，但是也很美。

因为她有很爱她的男友。

男友对其他人说："我就是要把她宠上天，胖一点才说明她心情好，胃口好。"

他说的一点都没错，之前这个姑娘很瘦，但是在遇到他之后，她整个人就像是一颗五颜六色的棒棒糖，每天都眉眼带笑，阳光灿烂。

她爬山扭伤脚，他背着她从山上走下来，感觉自己膝盖都要掉了，还笑嘻嘻地说，下次要小心。

她吃鱼卡到喉咙，他第一时间把她送医院，尽管最后医生说是虚惊一场，但是之后每次吃鱼，他都会帮她把鱼刺挑出来。

她喜欢唱歌，他陪她扯着嗓子在 KTV 疯唱。

她喜欢吃红烧肉，他就去网络上查资料做给她吃。

总之，我们看到那个被宠上天的姑娘，在每天的吃喝玩乐中好像也变得更有魅力。她为了他将自己装扮得更美。

这大概就是爱情最好的样子，让彼此都成为更好的人。

4

电视剧《大明宫词》中，太平初遇薛绍的那夜，面具下的那张脸，明媚到让她永生难忘。那一刻，整个长安的夜色，也不及他眼里的波光。

后来她用所有的热情去爱他，可是他的爱已经给了慧娘，只能处处对她刻薄、冷漠。再后来，面对她的好，他不堪心里的挣扎，死在了她怀里。唇离齿太远，触不可及。

如果十四岁那年他们只是遇见一下，此后烽烟万里，再无交集，人生若只如初见，多好。他继续和慧娘长相厮守，她继续做她的太平公主，两个世界再无相侵，至于爱情，没有开始，便没有结束。

对于她来说，她宁愿一开始遇到的还是他，哪怕爱过之后会失去，哪怕他从来没有爱过她。

愿那个为你赴汤蹈火的人就在你身边，或是正在赶来的路上。

珍爱生命，远离渣男

1

一个读大学的男孩，和女朋友异地恋。

平常的零花钱都用来打游戏，女友已经参加工作，是一名幼儿园老师。

春节期间，男孩把女友打来的钱都用在游戏花费上，连回家的机票也买不起。

校园记者站决定帮助他，给他买了回家的机票，给女友一个惊喜。

他说，女友工资不高，但是最近总是会给他打钱，联系得也没有之前那么频繁，他怀疑女友出轨或是被人包养。

记者站的同学陪他一同坐飞机到了女孩所在的城市，晚上8点钟到了女孩家里，敲门后，女孩不在家，她爸爸说她在步行街。

同学们远远在步行街看到男孩的女朋友，女孩在摆地摊，卖一些布偶玩具。

天气很冷，女孩不停地搓手，就在所有人都为之感动的时候，男孩出现了。

他很生气地对女孩说："你这是干什么，为什么不上班？"

女孩说："我被解雇了，所以我在这儿摆地摊赚钱呢。"

男孩说："你怎么能这样，这样被我家的亲戚朋友看到怎么办？我们分手吧。"

说完男孩转身就走，留下了在寒风凛冽中低头痛哭的女孩。

有人评论说，你又穷又懒又自私，活该没有女朋友。然而，对女孩来说这样的评论又有什么用呢？

有些爱情，让人心酸。

他明明对你没那么好，却自认为已经倾尽全部。

对于那样的他，请大声地对他说：有多远，滚多远。

好姑娘，要珍爱生命，远离那些自以为爱你但根本不爱你的男人。

2

KTV 里，男孩喝了很多酒，拿出电话给不知道前几任的女朋友打电话，电话通了，他哭着说："我好想你。"

第二天，他依旧在朋友圈晒着和现任小女友的甜蜜照。

一个男人如果真的喜欢你，无论他多内向、多不解风情，无论他是十八岁还是四十岁，一定会时刻在意你，不会让你伤心，不会那么自私。

如果他只顾自己，那不是天性，只能说明他没那么爱你。

如果他没有那么爱你，请保持你的矜持和骄傲，离开他。

不要为他的不爱找借口。

"他太忙了……"

"他这个人就这样……"

"他只是脾气有些大……"

如果一个男人没有能力控制自己的情绪，那他又怎么能掌控好自己的人生？

他的早安、午安、晚安都给了别人。如果他在意你，哪怕万水千山也会瞬间奔来。

我曾看过一个帖子，问，有哪一个瞬间，你觉得谈恋爱真累？

A说："当我每天发消息一天回复不超过五句，每句不超过十个字的时候，当出来吃饭一句话都不说就摆臭脸时，当一个星期都不肯见一面时，当大冬天送东西到楼下打几个电话都不接时……"

B 说："当你噼里啪啦说一大堆你的感慨，而他只说一个'哦'，甚至直接不回，隔着屏幕都觉得尴尬，电话通了就沉默，每次还要对我说：'你说话啊，只有我长嘴了是吗'……"

喜欢这种东西，即使捂住嘴巴，还是会从眼睛里跑出来。

有人说，所有不再钟情的爱人，渐行渐远的朋友，不相为谋的知己，都是，当年我自茫茫人海中独独看到了你，如今我再将你好好地还回人海中。

3

号称绝不结婚的班草现在孩子都能打酱油了，他们都好奇问班草是什么样的姑娘能降住他，班草回忆了当年求婚的场景：当时女友生日，她吃着蛋糕，突然吃到一枚戒指，随即害羞地对他说，"我愿意嫁给你。"后来俩人就结婚了。

同学们听了表示真浪漫，他说："是啊，谁能拒绝一个自己掏钱买戒指藏在蛋糕里的女孩啊！"

是啊，如果一个姑娘真的爱你，哪怕低到尘土里也会开出美丽的花来。

我曾看到一个男人发微博说，碰到前女友一个人在超市挑特价菜，就像很久之前那次，她大着肚子，在进口食品专柜面前看了半天，连盒酸奶都舍不得买。弄不明白，我那么宝贝的一个人，怎么在别人那，就什么也不是了。

有的姑娘，却总是被渣男吸引，宁愿做扑火的飞蛾。然而好的爱情，不是有多少财富，而是有多少互动的甜蜜。

有人在超市里看到一对年轻小夫妻带着三岁的儿子买东西，儿子坐在购物车里嘟囔着要吃这个，妈妈拉着爸爸说想吃那个，爸爸低头对儿子说："儿子乖，妈妈还小，咱们都让着妈妈，先去给妈妈买……"

瞬间觉得甜爆了。

懂得对自己爱的人好，懂得好好爱自己的人，才配拥有真正的爱情。

有多少次，你想回到最初的那个自己

1

很多时候，我们都要停下来想一想，我们将要继续下去的梦想和生活，是不是我们心里真正想要的。

不是盲目的前行，就能带来我们想要的快乐。

那个叫 Victoire Dauxerre 的姑娘今年二十三岁，来自法国。她曾经是一位颇有名气的国际超模，拥有全世界最令人羡慕的美好身材。然而，当无数荣誉和金钱向她涌来的时候，她却选择放弃那光鲜亮丽的一切……

十七岁那年，当时的 Victoire 还是一个活泼开朗的在校学生，在一次放学的路上，她被星探发现，说服她去当模特。

随后，她背起了行囊，开始了自己的模特之旅。不到三年时间，她就成为全世界排名前二十的国际超模。

Victoire 成功跻身于国际一线模特行列，经纪公司对她的要求也不断提高。

一次，为了赶在纽约时装周前，穿上美国女装最小码，又因为有合同在身，很多时候，她必须配合公司的要求。那时，她的经纪公司直接让她近乎绝食地过了几周，她回忆说："我每天只能吃三个苹果，就连水都不能多喝，偶尔喝一些没有热量的可乐，还要经常吃各种泻药和灌肠药。"这些药不仅让她上吐下泻，还让她产生了严重的厌食症。医生说，她二十三岁的年龄，皮肤状态大约在五十岁，骨龄更是高达七十岁。

每当看到镜子里骨瘦如柴的自己，她都无比讨厌自己的身体。

入行五年，Victoire 选择在一片惋惜中，结束了自己的职业超模生涯。

她说："很多人只看到我 T 台精彩的瞬间，却不知道我遭受的这些非人待遇……如果可以重新选择，十七岁那年，我还会继续做那个天真烂漫的小姑娘，每天背着书包去上学，或者和自己青梅竹马的男孩，谈一次刻骨铭心的恋爱……"

2

韩寒在拍电影《乘风破浪》时，把故事元年定在了 1998 年，那一年，他还没有成名，世事的风浪还没波及那名少年。他说，那年，自己还是容易一点。

1999年，韩寒成名，2000年，离开学校的韩寒躲进了亭林乡下。有记者在文字中描写当时孤独的韩寒："每天他骑着一辆摩托车在小镇上开过每一条马路，从音像店里租了碟，回家看完第二天还回去。夜里他四处寻找灯光球场，跟一群成年人蹭球踢。他每天都期待周末来临，因为他所有的朋友都还在学校里面。"

在《乘风破浪》上映前，韩寒写了一篇文章，有一句是这样的："我半个人生都活在是非争议和风浪飘摇之中，虽然刺激，但也有些厌倦。"

就像是他在2013年发的那条微博："我最怀念某年，空气自由新鲜，远山和炊烟，狗和田野，我沉睡一夏天。"

我们有多少次想要穿越回去，找到那个最初的自己。

《乘风破浪》穿越回去，比如，跟和自己一样大的老爸、老妈勾肩搭背……一起喝酒，一起火锅，一起吹牛。穿越回去的1998年，只是二十年不到的时间，曾经自觉在舞台中央肆意奔跑的人，逐渐落寞了；曾经失意黯然、毫无话语地位的角落中人，却走上了风口浪尖。

穿越回去，只为和解。

3

郑枫曾是凤凰卫视记者、策划、编导，是香港健康卫视节目部总监。编过畅销书籍，演过艺术电影，浪游过许多国家，三十四岁前似乎实现了很多梦想，三十四岁后，她作为一个单亲妈妈，带着六岁的儿子，开始了一段新的人生。

她说："人生是否能一直如愿，以前我很少思考这些问题，几乎所有人生大事的发生都如我所想。比如，大学毕业之后，我想去法国，就去了。去之前，我告诉自己，等我回国了，我要进凤凰卫视。所以留法第二年，当身边学法语的同学都勤勤恳恳上了专业课程时，我一个电话，自荐进了凤凰卫视巴黎记者站，由此开始了我的工作生涯，一年后，我如愿进了凤凰卫视深圳总部。再比如，大概二十岁的时候，我告诉自己，二十八岁生个孩子吧，恰好，二十八岁，就如愿怀孕生子。比如，我喜欢写文字，后来就真的有机会写作。"

可是三十三岁时，她觉得生活越过越拧巴。之后她离婚，辞职带着儿子去了大理。

在大理一年的"散漫自由时光"，于她，是用不一样的生活来调节自己，她想给儿子一个和大自然真正亲密接触的机会。

她看着孩子光脚跑着，随意躺在菜地里，任由泥巴沾满了全身，孩子在树上上蹿下跳，自己种菜摘菜，那里整个幼儿园除了地，就只有一间玻璃房，供孩子们看书、做手工、休息，还有一间小木屋，是厨房和小食堂，然后，没了。

但是就是在这种最自然纯粹的氛围里，她和儿子得到了最自然的趣味和欢乐。

4

我们有时候听得最多的一句话大概就是："时间就像海绵里的水，挤一挤还是有的。"也有的姑娘风趣地说："乳沟就像海绵里的水，挤一挤还是有的。"而我想说，我们要把生活过成海绵，不管什么时候都充满弹性，而不是像鸡蛋壳一样一摔就破。

任何一株花草树木都不急，万物从容。在一年中它们都要开花一次，都有属于自己最美丽的瞬间。它们不提前也不滞后，不慌不忙，从容不迫。它们都知道，造物主早就安排好了。

所以，在我们前行的时候，不要总是想着马上走到终点，我们还需要好好看一看沿途的风景，不要让最初的那个你认不出现在的自己。

时间总是把你最好的样子，都留在最初。

　　而我们，也要和最初的那个自己一路同行。

　　敬往事一杯酒，有多少次我们想回头看看那个眼神最清澈的自己。

　　然后对他说一声："不要怕，任何时候你都不是孤身一人，你还有最初最美的记忆。"

阳光和梦想都在，就是我想要的未来

我的性格中曾有一处明显的弱点：太拘谨，放不开。有时候，我会突然想起自己的少年时代，好像昨天还是那个穿着校服，趴在栏杆上以 45 度角仰望天空的小屁孩，在妈妈的监督下写寒假作业，再一回头发现时间就像穿越一样到了现在。

连送快递的大哥都叫我"大姐"。

很多次我都想问送快递的大哥，"我有那么老吗？"

我好像已经过了动不动就流眼泪的年纪，也渐渐懂得了自己是一个大人的现实。虽然嘴里还高喊着："神经病人思维广，弱智儿童快乐多。"可是一笑，发现眼角纹长得枝繁叶茂，贴了面膜都无济于事，只能靠一键美颜。

初中时，我沉默寡言，一个学期除了同桌，和其他同学说过几句话都能用手指数出来。

高中时，我彻底成了理科白痴，只要有数字出现，全靠蒙，而且蒙对的概率特别低。

我发起脾气来，连自己都怕，怕别人打我。

在那些年里，我已经习惯旁人对我说："这孩子内向，像个姑娘的样子。"

我却在后来的日子里感触到，"听话"是好孩子的共性，但绝对不是人生唯一的标签。如果有人问我，"那些艰难的岁月你是怎么熬过来的？"我想我只有一句话回答："我有一种强大的精神力量支撑着，这种力量的名字叫'想死又不敢'。"

其实从小到大，我周围大多数是阳光开朗的女汉子。我喜欢她们直接爽朗的性格。

她们总是对我说："有什么事说出来，不要总憋在心里，小心憋出内伤。"

她们也说："说了这么多，你只是说了一个'哦'字，你是不是等待巴啦啦小魔仙变身呢？……"

她们还说："我说话就是这么直肠子，你多担待点。"

她们中的大多数人其实与我联系并不多。有些感动大概就是，这一路上你以为自己孤独前行，受尽风霜，其实在你走的每一步，都有人为你把风霜扫远了一些，让你的霜叶红于她们的二月花。

这一生我们会遇到很多人，有的人一路相随，有的人中途离散，但是，她们都曾出现在你的生命中，就是你独一无二的记忆。

我常说时间教会我认清自己，朋友常问我："如何才能活成自己想要的样子？"

其实真的很难，有个作者说，她的一个读者给她发信息说："姐，你知道吗？我以前是个很怕老的人，怕年轻的资本没了，怕变得俗气，怕不能爱了，也怕不能被爱了，可是那晚我看到你，我不怕了，如果我三十岁，可以是你这个样子，有点女人味，可以这么安静，不是四下逃窜、狼狈不已，不必是数落婆婆的庸妇，也不必心惊肉跳追着老公的手机……"

那个作者说，其实在手机这头的她，最近的疲惫蜂拥而出，眼眶发涩，每个三十岁还能活得寂静体面的女人，其背后的鸡零狗碎，你哪里能看见。

可是，我们不都是这样一路走来的吗？

就像电视剧《欢乐颂》里说的，生活虽然一地鸡毛，但仍要欢歌高进，成长之路虽有玫瑰有荆棘，但什么都不能阻挡坚强的心。

其实我的学生时代，一直都像是装在套子里的人，我总是活在自己的小世界中。

我曾经对很多事情都没有信心，像是数学试卷上大大的红色叉，让我觉得人生有那么多的不如意和无法超越……

可即便在最糟糕的时候，我仍是抱着想死又不敢死的想法，像是一个小战士一样背诵："我们的生命只有一次，当他回首往事时不因虚度年华而悔恨，也不因碌碌无为而羞愧……"然后自己坐在台灯下捧着政治书不知道什么时候呼呼睡着。

更让人觉得我阿Q的是，我竟然觉得我很拼命，每天熬夜那么晚去学习，其实每晚不小心睡着的次数更多。

年龄再大一些，好像懂得如何去与人沟通，虽然还是容易拘谨，但是已经好了很多。懂得了从哪里跌倒，就从哪里躺下，休息好了再站起来，不再逞强。

老师说，所有的问题都不需要解决，时间一过，它自然就走了。

从前常以为，生活一定要过得风生水起五光十色才是幸福。

后来才发现按照我们的节奏，一步一个脚印才是最真实的。

有个读者给我留言，她说：

大年初一看完2017年的第一本书，就是你的《活成自己喜欢的样子》。谢谢，这一晚绵绵砥砺心灵的文字，灯光下母亲熟睡的隽美模样，父亲震耳的呼噜声，我感恩并且珍惜，也重新去过一个清晰的自己，有着喜欢的模样。

有人问过我："这些年你写文字不会感到疲惫吗？"

我给不出一个特别准确的答案，因为写文字的过程有时候真的会疲惫，但是最后看到文字成为一篇文章的时候，我都会在心里欢呼雀跃一小下。

我曾说过，我最大的梦想不是文字被所有人欣赏，而是能够一直做自己喜欢做的事情。

我也喜欢自己生活的这座城，影像在抽象的交融渗透中，彰显出时空的另一种美，如同水墨画不拘泥于山水风景的临摹写实。

有时，会突然明白，为何那么多人都在清晨开始一天的好心情，即使忙碌，即使辛苦，都会行走在奋斗的路途上神采奕奕，如同落在清晨的露珠上，或者落在清脆的瓷器上，行走有声。

想起三年前，我去一处拆迁地的路上，刚刚下过小雨，尘土被轻柔覆盖。

大部分住户已经搬离，有些院子的大门的上方有垒成的"吉"字，整条街道都充满了古旧的气息。时光隧道里，我与它只隔着10厘米的距离。

我的手指抚摸过厚重粗糙的墙面，心里开出一朵无名花。这里的人们就活在这片地域形成的水墨画里，每一处院落里都居住着多户人家。

四周抚平的泛黄岁月里，劳碌朴实的人们串连在一起，让人想起蒲公英随遇而安的平和。

我想到了那片土地拆迁后的样子，眼前是一大片被拆掉的现场，仿佛能看到时光的影像。曲折蜿蜒的街道，若奔流的溪泉唱着充满梦想又平淡至极的歌曲。

当然，我能看到的还远远不止这些，琐碎流离的岁月一度在人们内心凝结，这里曾一度穷困衰败，那是一些隐秘的部分，与生活的大起大落不同，它们更趋近于在无人时分暗自回顾。

工作人员讲道，签完了搬迁协议，人们问一位老太太看到新家的感受，她说看到了新住的房子，上厕所终于不冻屁股了，然后在最后一天回去搬家的时候说："让我上梁再看一眼，住了这么多年，我再看一眼，一眼过后我就走了。"

"再看一眼我就走了。"我听到这句话的时候，内心波澜起伏，世世代代在这里生活的人们，那么多的不舍和留恋，都要化作历史了。

这片土地没有光彩照人，但是让来这里的人都能感觉着到平静，它以它此生的沧桑炽热地温了一壶老酒，和时光来了一场空前未有的对话。

推开其中一座保留完整的院落的屋门，阳光照进窗棂，一格一格的，旁边有一只猫，胖乎乎的脸，圆溜溜的眼睛盯着窗外，一个哈欠过后便用爪子洗起了脸。

小院落里有年代久远的带有灯盘的灯泡、没有电的时候用过的风箱、提炭用的笸箩。生活格调似乎很清晰，然而即使是那样清晰的画面也渐渐地成为历史，到后来，连带着人情味，也都归于新生。

你看，那片热闹贫瘠的土地突然平息下来，它的喧闹嘈杂在某一刻回归平静。来来往往的人行走在这片将要消失的成为记忆的棚户区，那房子，那云端，那枝叶，那光景，从地面划过。

有些人站在已经推倒的凌乱的砖土上，仰望天空，他们顺着第一缕阳光走来，顺行而来，风再大也刺穿不了坚实的皮肤。

现实中我的脚太大，根本穿不下童话里的水晶鞋。但是我还是找到了自己的马良，他用爱情的画笔给我描绘了很多美好。

从前，我觉得，做任何事一定要拿优才是最好的。后来才发现，你的得分根本判定不了你的未来。这一阶段的人生也无法代替你下一阶段的人生。

如果你此刻正值人生的低谷，迷茫、失落、消沉，请不要怕，把它当作一场考试，它很快就会过去，因为下一次考试还等着你进考场，只要有权利进入考场，得多少分都不重要。重要的是，你曾勇敢地尝试过。

哪怕我们离成功很遥远，也要有愚公移山的精神。我们不怕眼前的苟且，也不怕没有诗和远方，就怕从一开始就否定自己。如果你否定了你所走的路，就切断了所有通向未来的方向。每一段路都是属于你的独家记忆。

不管中途有多少岔路，有多少收费站，有多少事故现场，但是，它是属于你的人生。总有一天，在某个地点，你会看到你想要的风景。

两年前，我去了梅力更召，庭前古树葱郁，左右白塔对称立于庭前，天空湛蓝。

当蒙古语诵经的声音从这空旷的山间传出时，让人尤为平和静心。僧侣们从容地走过寺院，那里或许没有别的寺庙如织的游人和袅袅的烟火，却不减庄严与肃穆。告别了市井之声的打扰，让人有恍若隔世般的静谧。应了那句，"花树下酣睡一觉，以为度过了一生，醒来后拍拍衣袍，起身即走。"

清声入耳，生之安宁。

这座城把自己包裹在阳光下，用一只手改变自身，一只手守候温暖。沿路走过的景、遇见的人，最微小的感动，择一城而终老，建一屋而栖居，为一心而生活。

如果时光倒退十年，我依然愿意成为最初的那个自己。

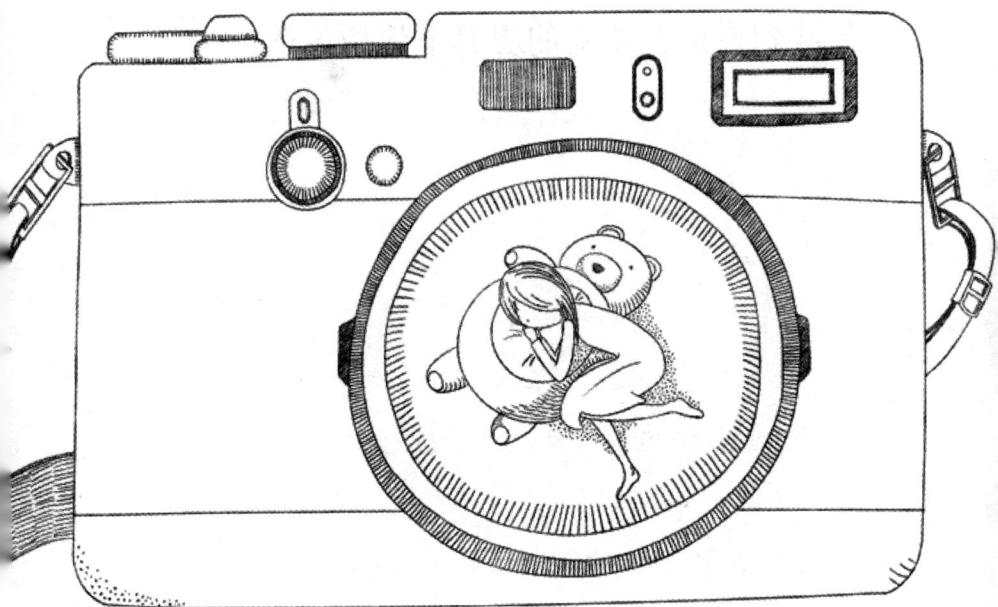

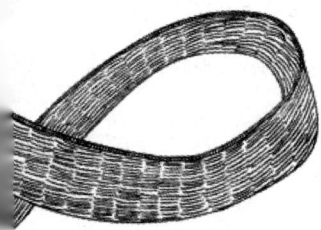

愿我们在彼此相随的岁月里熠熠生辉

1

看到小娇现在美丽的照片，我总会想起她十二岁时，短发的她活脱脱像一个假小子。

春节的时候她回来对我说，如今二胎政策又开放了。看到了有些大孩对新生弟妹不满而酿造悲剧的新闻，小娇说："我要感谢一下老大当年不杀之恩，然后我们俩笑得屁颠屁颠地停不下来。"

我四岁的时候，她一岁，她四岁的时候，我已经开始给她扎小辫了，然后头上再别一朵很乡土气息的大红花，妈妈做饭的时候，我会把她背在背上和小朋友一起玩耍。

小时候，我总觉得自己力气很大，去哪儿都带着她，她也像个小跟屁虫一样黏着我。

记得十岁的时候，有一次妈妈和爸爸去亲戚家有事，把我和妹妹放到五姨家待几天。妹妹整体乐呵呵地吃饭玩耍，而我每天早上醒来第一件事情就是在窗前看看爸爸妈妈来了没。

那时，心里的小悲伤已经逆流成海了。我每天就跟李莫愁似的，苦大仇深，每天都盼着爸爸妈妈早点去接我们，恨不得立马长出翅膀飞到他们身边。

连着几天没看到爸爸妈妈，我终于抑制不住内心的悲伤，哭了起来。

六岁的她在旁边说，哎呀呀，不要哭啦，他们很快就会来了。

2

刚上小学一年级的她，因为每天放学都记不住老师留的作业，所以妈妈就派已经上五年级我去帮她记录黑板上老师留的作业。有一个晚上我梦到妹妹离开我了，哭了好久，醒来之后发现妹妹就睡在我旁边，我摸了摸她的小胳膊，觉得她在身边真好。

后来那个记不住作业的小朋友就摇身一变成了学霸，小学初中、高中都是年级中的佼佼者。那时的她戴着一副厚厚的眼镜，留着短发，穿着宽松的校服，瘦瘦的，好像一不留神就湮没在人海了。

快高考的时候,因为学业的压力,每次考试前她都会头疼呕吐,我看着她每晚在台灯下所付出的那些艰辛，看到她反复的做那些练习题，看到她认真走的每一步。高考成绩出来的时候，她发挥的很平稳，考上了理想的大学。她的笔记本总是很有创意地贴一些小贴画，上面有她清秀的笔迹，每门功课都倾尽所有的心血和时间去努力练习。

3

大一的时候，她留起了长发，变成了亲戚口中的大姑娘。再后来，她学着化妆和服装搭配，本来身形纤瘦的她，任何服装都能驾驭的了，大学毕业回来参加同学聚会的时候，她的老师和同学都对她刮目相看，当年那个像男孩子一样的小学霸越来越美丽了。

之后，她准备考研，考研的过程中，她每晚都复习到凌晨，早晨醒来接着练习英语，她总是像一个倔强前行的小公举一样，一路披荆斩棘，一路义无反顾地前行。

考研等待成绩的那段时间，正好我怀孕了，她每天陪着我，一起逛花园，一起去喂小区里的流浪狗，她说："好神奇啊，好像你肚子里的宝宝跟我特别有缘，在我最空闲的时候，她到来了，能让我多陪陪你们。"

那时，我笨重得像一头大象，最后感觉走路都很累。我第一次体会到了怀孕的艰辛，而妹妹也陪我度过了最艰难的孕期。

那个夏天，她如愿地考上了厦门大学。在厦门那个充满文艺清新的地方，她也变得越来越文艺。在研一的假期，她回来做了近视矫正手术，摘下了厚厚的眼镜，由那个大姑娘又变成了小女神。

有时候和她视频的时候，我会说："哎呀呀，我都被你美哭了，你现在怎么变得这么美了！"然后我看着视频里的她，她捂着嘴说："小萝莉，我觉得这个是我颜值的最高峰了，马上就要变老了。"

"不老不老，我们永远这么年轻美丽。"我笑着说。

4

是的，我们永远都要这么年轻美丽，好像我给她梳小辫的时候，还是在昨天，而如今已经到了以三开头的年龄，她居然还搞笑地叫我小萝莉。

我看着我们小时候一起拍的照片，我穿着小水靴坐在椅子上，她穿着我的鞋坐在我旁边，手里还抱着一个塑料娃娃。

那个时候，我们住在平房，有自己的小院子。

夏天的中午，我趴在窗台上，妈妈坐在小板凳上，双手在洗衣盆里搓得红彤彤的，水面上衬映着光亮亮的太阳，显示出彩色的倒影，妹妹抱着猫咪穿着凉鞋在午后的床上安静地睡着，树影在墙体上遥遥晃晃。

我眯起眼睛，闻到夏末快要谢掉的最后一抹花香，隔着墙壁看不到的、趁着季节不断变换的时光，还有妈妈时而从盆里伸起右手把掉下的一缕头发挽到耳朵后打了个圈的声音。

看着看着，意识越来越模糊，仿佛快要睡着了。然后"啪"的一声，脑袋从胳膊肘儿上猛地抬起来，看到妈妈把水泼到水泥地面上，在阳光下"啧啧"的声音，不一会儿就干了。

那些场景让我轻易地就想起记忆深处遥远却清晰的容颜，暖至心底。遗忘在时光里的美好，因为它们长在内心深处最干净的地方，一直生生不息。

那个曾经爱尿裤子的假小子，如今已经成为很多人心目中的小女神，时间的力量多么神奇。这些年，我们彼此看着对方一点一点的蜕变，在今后彼此看不到的岁月里，我们也一定会如同自己心中的小萝莉般开朗，用心爱生活，爱这个多变的世界。

写给十年后的你

愿十年后的你，冬来温雪，夏来赏花，春煮清茶，秋听风语，把四季都过成自己喜欢的样子。

1

嘿，十年后的你，还好吗？

你是否把生活过成了自己喜欢的样子呢？

如今的你，还在坚持着自己的小梦想吗？你是否还是那么爱笑，笑到有鱼尾纹都停不下来？

写这篇文字的时候，我曾想象过无数次十年后你的样子。

可是，好像总也无法想象到最准确的那个样子。

十年前的我，想告诉十年后的你，感恩所有。那个在电脑前打下这些字的你，十年时间足以让你衰老很多，这真的是个残酷的现实，可是我们还需要勇敢面对，不是吗？逝去的是我们的年龄，不老的是我们的内心。

如今的你，还在为了讲一句话而紧张得直冒冷汗吗？应该不会了吧，十年的时间，足以让你变得更勇敢和淡定。那个曾经多愁善感的姑娘，总有一天，会变得内心坚定，会很坦然地面对生活中的一切。

你还会为一件小事而整夜难眠吗？我想十年后的你，已经很努力地成为自己小孩的榜样。年龄越大，你越会懂得，行走在这世间，爱是唯一的行李。你的言传身教，都会影响小孩成为一个什么样的人。所以，在写完这篇文字之后，就好好地修炼自己吧。不要让小孩觉得，妈妈是个没用的中年妇女。

说到小孩，十年后的她，长大了吧，是否和你心里想的是一个样子呢？在这里我也想告诉那个小姑娘，如果十年后妈妈变得很唠叨，请不要抱怨我，可能我也变成了当年自己妈妈的样子，每一天都在想着一句话：我是为你好呀。所以，小姑娘，如果你听到这句话，请收起你的逆反心理，听妈妈的话，没错。

2

十年后，你学会用心经营你的家庭了吗？你的爱人是否还像现在这样爱你如初？现在的我想对你说：请管理好你的身材，不要放纵自己的体重增长，当你变成胖胖的臃肿的样子，当你放弃对美丽衣服的驾驭能力，你一定会后悔。

十年后，也请你依旧如现在般爱你的爸爸妈妈，如今的他们，可能变得更老一些，可能她们眼更花了，耳朵更听不清了。写到这里，我突然觉得好心酸，以前觉得爸爸妈妈变老离自己很远很远，可是，如今那些画面却这么近地呈现在眼前。请不要难过，要好好地陪在父母身边。

十年后的你，可曾有过说走就走的旅行？你曾说过，要像孩子一样，永远相信希望，相信梦想，相信生活里即使有阴暗也会很快散去，相信爱。你是否也曾翻看这些年拍的那些照片，样子很傻却也笑得很开心？

我们顶着灰的蓝的天空，走过不同的街道，爬过大大小小的山，触摸的每一条河流都有自己的温度，我们在取景框里摆着各种各样的 pose，或许偶尔也会在这个熟悉的城市失声哭泣或放声大笑，但是每一段旅行的旅程都会让我们重新认识这个世界。在旅行时，才听得到自己的声音，它会告诉你，这世界比想象中宽阔。

嘿，此刻的你懂得勤奋和读书的意义了吗？有人说，勤奋但不讲究效率的结果就是，笨鸟先飞，然后不知所终。

我愿你在十年后依旧保持现在的心性和善良。依然把读书、写作当作人生趣事。

就像有人说的那样，每一个人都是慢慢形成的，一生绝对不够，但我们只能尽力而为，而阅读的最佳动机和最好用途，就是帮助我们在这短暂的一生中尽可能地形成自己。

3

岁月漫长，见字如面。是时间让你懂得，如何让枯掉的枝丫长出新芽，如何让冬雨变成夏冰，如何让你清晰了眉眼，柔和了性情。

我看到朋友发了一张午后长廊的照片，让人想到古代园林，树木、阳光、清茶，安详宁静的感觉不言而喻，似乎侧耳倾听便能感受到鸟语花香。

不知从何时开始，我喜欢踏在路面上的感觉，这片盛满历史气息的土地，总是给人特别淳朴的亲切感。戴上耳机，让音乐随着清冷的空气一起起舞。喜欢看形形色色的人群，匆匆忙忙步履不停，四季轮回着，我们每个人都以自己的方式前行，努力生活，不抱怨，不气馁，不绝望。

十年一瞬，那些过往犹如一条湍急的河流，滑过幼稚细嫩的岁月，滑过细腻敏感的心尖，滑过拥挤陌生的人群，然后在我们觉得疲惫的时候，散成了明媚的笑容。

4

你还记得吗？小小的你依偎在妈妈面前，央求她讲故事或传说，打发那些寂寥清冷的雨夜。那是个还未到强说愁的年龄，满眼都是好奇与无际的遐想。年少的你想象着何时才会感叹灯火阑珊处的流转时光，何时才能泊在这浓墨重彩之中。

而此刻写下这些文字的你，已经心怀感恩。

因为一切都是最崭新的开始。

愿你准备启程的那天下午，阳光很好，天气晴朗。

愿你以喜欢的方式度过一生，安静、自在、简约、有品。

愿你一生可爱，一生被爱。

下一个十年，你准备好了吗？

PART 7

真正的优雅，能对抗
世间所有的不安

因为走过，所以懂得

1

有一次，我和张老师去参加一个儿童诵读活动。

活动现场，张老师热情洋溢地给孩子们讲了成长的意义。

张老师和别人说话的时候，总是面带微笑，说话层次分明，思路清晰。

回来的路上，我搭乘张老师的车，我问他："为什么您举手投足间总是充满了自信和能量。"

张老师回答："其实年轻一点的时候，我根本不像现在这样，那时的我总是太急躁，恨不得把全世界都踩在脚下，即使撞了南墙也不回头。但是在经历了很多打击之后，我渐渐变得平和下来。"

大概有两年的时候，张老师觉得自己的生活是最黑暗的，在最消沉的时候，他开始了徒步旅行。

　　他去过很多地方，见过很多人，那些在徒步一半就坚持不下去的人，只能选择放弃。

　　有一次，张老师和队友在攀登一处高山的时候，被山顶滚下来的一个小石块砸到腿，当时血就流了出来，但是在半山腰没法停留，他只好咬着牙走到终点。

　　简单地包扎了一下，张老师就跟随队伍向前走，那次经历也让他懂得，有时候一个瞬间，就可能决定生死，如果那个石块再偏一点，砸到他的头的话，他就再没机会回来了。

　　一个背包，一个帐篷，天地为家。那种跋涉的辛苦，换来的是内心的充盈。他一步步从失落中走出来，变成了现在豁达的样子。

　　他说："感谢自己能够走出来，并且越来越懂得如何经营自己，但是之前的那些阴霾的日子，心里真的是很痛苦啊！"

2

　　安琪说自己不相信人弱万事难。

　　我们为残疾人送书的时候，第一个见到的就是安琪。

　　安琪戴着大墨镜，我们把书捧到她面前的时候，她是看不见的。

那样的画面多少有些滑稽，但是安琪打破了那样的尴尬。

她说，虽然我看不到，但是我能读得懂盲文，下次你们送我盲文书就好了。

安琪是作为青年代表接受我们的慰问的，她虽然从小眼睛就看不见，但是她努力读书，大学期间她利用课余时间学习了主持，学习了古筝，她只是眼睛看不见，但是她的心可以。

毕业后，她成了一名电台主持人，每个夜晚，都会有她好听的声音响起，那个声音应该是一个姑娘最美的样子，安静、踏实。她有自己的姿态，不卑微，不矫情。她用自己的坚持，抹杀掉那些不屑的眼神，高傲地成为自己的小太阳。途中的那些苦累，自己感知就好，她庆幸自己能找到自卑的出口。

她说，如果上帝为你关上一扇窗，那你一定让他把门也关上，因为，你可以自己开空调。她说，她从来没有像现在这样欣赏自己、接纳自己，她喜欢现在的自己，喜欢现在的生活，忙碌而充实。

3

我记得第一次听 SHE 的时候，我还在读初中，每次都被他们三个姑娘大大的笑容所折服。记忆最深刻的便是 Selina，笑容甜美，像个童话世界里的公主。

那时候，学校文艺汇演的时候，小米唱的就是 SHE 的那首《我不想长大》。

那时的小米，是我们所有人心中的校花，长得漂亮，成绩优异，口才极好，能歌善舞，是很多男同学心中的女神，她总能收到男生表白的字条。

可是在 2010 年拍摄电视剧的时候，因为意外爆炸，Selina 全身 54% 严重烧伤，被医院下了病危通知书。在那场突如其来的灾难之前，正是她最春风得意的时候，事业如日中天，感情生活顺遂，即将踏入婚姻殿堂。

而 2010 年的小米，刚刚大学毕业，父母离了婚，她在几个城市停留过，又离开过。孤身一人，爸爸离婚后从来都没有再见过她，没给过她一分生活费。

谈了几段恋爱，最终都以分手告终，那时的小米，觉得自己就像是在大雨里被淋湿的路人，而她不知道天什么时候会放晴。

被烧伤的 Selina 积极投身到复健的痛苦过程中，每一次深蹲血就会从膝盖处渗出来，染红整条压力裤，一个简单的"坐"，已是最大的挑战，疼出来的冷汗更多还是眼泪更多，她已经分不清。但是她靠着自己的毅力挺了过来，因为，她还想重新再拥有。她在自己的微博中说：

每天世界上都有许多不幸运的事情发生，我的故事，是我人生很重要的部分。

小米在几番起落中结了婚，生了孩子。没多久，小米的父亲脑梗，小米不顾一切回去照顾父亲，而她的老公却对她渐渐冷漠，两个人形同路人。

准备离婚时，她的老公得了脑积水，她又放下所有怨恨，努力生活。

为了赚更多的钱去照顾家人，她换了工作，承担了更多的工作任务，每天都会很累很累。她说，虽然觉得自己刚 30 岁的人生过得很糟糕，每天都像奥特曼打小怪兽一样，不同的小怪兽需要不停地打，但是这就是人生啊，我们不能停下。

现在她虽然很辛苦，但是她爱美、爱小动物、爱家人，依旧能绽放最好看的笑容，依旧很美。

我们都要学会，在经历了最深的绝望之后，带着崭新的自己重新回归这个世界。

4

就像有人说的："重要的不是治愈，而是带着病痛活下去。

那些很丧却依然活着的人们，就像大海中航行的小船，不管是迷途还是停滞，只要还在航行，只要没有沉没，茫茫大海上就总会有灯塔，在努力地向他们投射光亮。"

如果不曾走过，又怎么会懂得？

每个人都是自己生命中的主角，我们心底都会有无数条路通向更加成熟的那个自己。

而无论是哪一种选择，或者哪一条岔路，我们都要勇敢前行。

别把你的幸福押在房子上

1

有一对小夫妻结婚生子，在北京定居。在北京那座城市拥有一套自己喜欢的房子是很多人的梦想，然而现实却将大部分人的梦想存放在遥遥无期的未来。夫妻俩算了一下，如果要实现这样的梦想，恐怕会耽搁了孩子的童年，他们不想让孩子最美好的时光消耗在残酷现实的阴影里。于是他们走街串巷找到了一个小院，和房东签了合同，一签便是十年。

有人给他们算了一下，投入装修出租屋的四十万加上十年的房租，几乎可以在市区首付一套小房子了。可在这对小夫妻看来，那样以后的日子会很难受，但在这里，他们全家的黄金十年可以过得很美好惬意，孩子也能拥有一个美好的童年，这些，远比拥有一套房子要珍贵得多。

他们把房子里的每一处都装修成自己喜欢的样子，客厅、厨房、卧室、长廊、小院，都像宫崎骏动画片《龙猫》中老式平房里温馨的样子：孩子光脚在木头台子上玩耍，在房间里的榻榻米上翻滚，把门拉来拉去，下雨的时候双手接着屋檐滴落的雨水……

有人问："十年后租期到了怎么办？"

妻子说："我没有想过十年以后怎么办，只想着把当下的十年过好。"

房子是租的，但是生活不是。

2

乔小刀的故事应该从十八年前讲起。他二十二岁时，不想在农村种地，虽然只有初中学历，但他还是决心北上，去闯闯。打工、做电焊，与其他北漂民工看似无异。但他泡书店、学吉他，拿焊机的手，也拿起了画笔。

吉他学成，他组起民谣乐队，和九岁的侄女，走上《星光大道》，"大乔小乔"一曲成名。

一夜爆红，几百日夜的积累，瞬间爆发。开公司、当总裁、出书、巡讲，一切顺理成章。

由于不谙企业资本运作，他的公司破产，欠了一屁股债，合作伙伴、名望追捧，到头来都是一场空。

此时，只有女友珍珍在他身旁，"不如，咱们一起去云南吧？告别这些过去重新开始。"

云南是珍珍的故乡。

于是，乔小刀与生活、工作了十五年的北京告别，和珍珍去了云南。

身已安定，心也跟着静下来。为了打发时间，他索性用手工做的物件，装饰整个家，出入旧市场、垃圾堆，找材料，磨木工活。

女友有个心愿，就是开一间咖啡馆。当时穷，乔小刀没法给珍珍真开个咖啡馆，但他开辟出一个小空间，倾力打造，愣是在九天之内，让那个小房子变了样。

他把房间照片上传全网，很多人慕名而来，找他做树屋、花房。

在人生起落的节点，他再次迎来转机，不久他靠替人做活攒下的钱，给女友造了一个玻璃花房。他还在芦苇地上，为两人造了一个小木屋。

春天播种，秋季收成，他用果实做一把吉他弹唱，她在一旁笑着聆听。

3

多少人在生活中疲于奔命，不过是被生活推着向前追。

有人说，如今北大毕业的高材生都买不起学区房了。

一线城市的人只要想买房，就会进入一种抠门模式，花一分钱，都心疼半天。比如黄小污，全世界都知道，她月薪 5 万。

但咪蒙说，黄小污过得像个月薪 500 的人。她所有的毛衣和围巾都是起球的，她之前的包，是一个 30 块的帆布袋。

有时候，我们已经拼了老命去省钱了，依旧买不起最心仪的房子。

房子让我们的归属感越来越贵，但实际上归属感是我们自己给自己的。

有人说："现实的烦恼不会因为你早生二十年或者生在一线城市而消失。只会哀叹房价飞涨，哀叹自己生不逢时，哀叹自己出身平凡……这样的人，生在哪个时代，都不会快乐。"

我看到一对外国小情侣，男孩在北京主持一档中文节目，女孩为了爱情追随男孩来到中国。谈到房子，他说他们的工资足够在北京租一套很好的房子，剩余的钱还可以在假期去各地游玩，男孩说，这样的生活状态很好啊，他觉得很幸福。

4

不管是买房子还是租房子，真正的生活是在我们心里构建的一座宫殿，你把它绘制成什么样子，你体会到的就是什么样子。

朋友依依，毕业刚参加工作的时候，自己租了一套两室一厅的房子，虽然是老旧的楼房，但是依依每天都把屋子收拾得井井有条，心烦的时候就整理衣服，收纳在她那里似乎成了一个手艺活。周末的时候，她自己研究各类美食的做法，自己捣鼓一番，做出来的味道也不差。那个时候，她最向往的是，有自己的房子。

两年后，她结了婚，买了属于自己的大房子。

可是，她和她的老公三观不合，结婚不到一年便冷战了无数次，那些对美好生活向往的激情，早已化为灰烬。

老公很少回家，她对着空荡荡的房子，内心是无尽的委屈。

她不再是那个用心打理房间每一个角落的美厨娘，不再是那个对未来有无限期待的细致姑娘，她的内心充满了深深的失望和绝望。

她说，房子根本决定不了你幸不幸福，你嫁的应该是爱情，而不是房子。

　　和心爱的人在一起，哪怕房子是租的，每一天也都是甜蜜的。

　　哪怕是街角 5 元一份的小吃，也抵得过寒夜里落地窗前的孤寂。

能让你继续做自己的人，就是你的未来

1

电影《恋爱大作战》中，如果和男主角在一起的话，女主角终会割舍掉一部分自己，终会将自己消融一部分，终会变得再也不是自己。所以女主角离开了，选择去寻找那个让自己能继续做自己的人。

女孩说："就在今天，我和男朋友分手了。不是所有的失恋，都会哭得死去活来吧，一直都想把头发扎起来的，正好丢掉许多不想要的东西，高跟鞋也可以丢掉，穿衣风格也得换换，其实一直想学架子鼓的，不用再管他喜欢什么，想为自己而活。"

可是，有时我们总是会被对方改变或是想要改变对方。

诗雅说，自己做过最失败的事情就是想要把男朋友改造成自己喜欢的样子。

男朋友喜欢运动风格的服装，而诗雅要求男朋友每次和她约会一定要穿西装、戴手表；男朋友喜欢沐浴露的清新简单，而诗雅要求男朋友一定要用男士香水。

某次，诗雅看到男朋友在那抠鼻屎，抠完以后还用手弹了出去，诗雅觉得自己要爆炸了，觉得男朋友不是她心里想要的那个人，非要和男朋友分手。

后来诗雅和朋友谈起这件事，朋友哈哈大笑说："他抠完没直接抹墙上已经够不错了，我的前男友，放个屁都得把内裤脱了。你说你是不是比我要幸运很多？"

再后来，诗雅依然不停地想要男朋友为自己改变，最终那个男人提前退出。

不是所有爱你的人都会为你改变。

而简安和诗雅相反，她是每谈一次恋爱，总是想要把自己变成对方喜欢的样子。对方喜欢小清新，她就整天森女范儿；对方喜欢御姐型，她就改变着装风格假装强悍。对方喜欢什么风格，她就变成什么风格，连朋友们都给她起了个外号：变色龙。

可是简安依旧没有留住男朋友的心，他在分手的时候和她说："我更喜欢有自己独立风格和思想的女生。"

简安在风中凌乱，她明明倾尽所有为爱付出，换来的却是这样的结果，那一瞬间，她觉得自己有病，脑子里有菜。

2

我们为什么要有那样的执念，一定要对方为我们改变或是我们为了对方去改变呢？

生活中，我们不也是一样，有时任性、耍赖，有时情绪失控，也会无理取闹，有时觉得自己无所不能，又在很多个时刻觉得自己处处无能？但是我们非要用刚刚好的样子，去拼凑一个我们理想中爱情的样子。稍微有哪一个缺点，我们就想立刻把缺点抹掉，让对方能够与我们更好地相配。

可是，一定要两个人都完美才有完美的爱情吗？

好的爱情有无数种模样，有一种爱情叫应采儿和陈小春。

两年前在古惑仔"岁月友情"演唱会上，正在唱着《相依为命》的"冰山脸"陈小春，看到台下老婆搞怪的动作，也忍不住一秒破功，宠溺一笑。

陈小春说："我每天起床都要看见我老婆，还有我儿子，不然我会不开心的。"

他说话大声，她就更大声，真性情不矫情，敢爱敢恨，敢做敢说，那样一个阳光乐观的姑娘怎能不让陈小春俯首称臣呢？

有人说，好的爱情，是"不费力"，不需刻意讨好、费心经营；

真正的相爱，是接受真实的对方，我爱的就是这样的你；对的人，是你通过他看到整个世界。所谓爱情，是与你一起，待霜染白发，看细水长流。

也有人问，怎么确定对方就是能一辈子和你在一起的人？有人回答，这个问题钱锺书先生早就给了标准答案，《围城》中有一段话："旅行最试验得出一个人的品行。旅行时最劳顿麻烦，叫人本性毕现。经过长期苦旅而彼此不讨厌的人，才可结交做朋友。结婚以后的蜜月旅行是次序颠倒的，应该先旅行一个月，一个月舟车仆仆以后，双方还没有彼此看破，彼此厌恶，还要维持原来的婚约，这种夫妇保证不会离婚。"

3

被誉为韩国"国民妖精"的李孝利，嫁给了其貌不扬、家境一般的创作型歌手李尚顺，这让人大跌眼镜，直呼简直就是现实版"美女和野兽"。

李孝利坦率地说："哥哥是真的不食人间烟火，而我却只有钱。即使这样，哥哥也不讨厌我。"

两个人的婚礼很简单，就在济州岛的家中举办，仅邀请了家人和好朋友，拒绝媒体和赞助。李孝利穿着淡雅的白色婚纱，头戴花环，两人骑着脚踏车，幸福的笑容洋溢。

婚后，两人干脆在济州岛过起了安静的隐居生活。李孝利从原本的时尚教主，转身变成素面朝天、下田耕作的农妇，李孝利似乎找到了真正的自己。

他们家里使用的材料是太阳能电热板、木材和石头，非常环保，尽量做到节能减碳。以前李孝利是宁可去名牌店买包，也不会去超市买大米和卫生纸的时髦女青年，现在却和丈夫一起栽种黄豆、蔬菜，除杂草，还学会下厨做饭、摘水果给丈夫吃，偶尔会唤上三两好友来家中聚餐。

闲暇时，两人常常到家附近的海边或是山林散步，为了尽情享受济州岛的阳光，她有时会连防晒霜都懒得搽。

她和他一起谱曲，回归朴实单纯的音乐形式，收养流浪狗，关闭了所有的社交账号，更换了手机号码，为了能和丈夫有更多的相处时光，她也拒绝了参演综艺电视节目。

她开始热心公益，迷上了手工制作，经常自制一些画作、陶艺品和盆栽，到跳蚤市场出售。她的日子过得简朴而惬意，丰富而充实。朋友们也说，她比曾经任何时候都要温暖而温柔。

好的爱情，只需两个人，一颗心。在最平凡的人间烟火里，过好自己的小日子。

谁都没有权利剥夺我们的明天

1

西亚喜欢把每一天都看成一次航海。他们经历着无数次的出海。当你闭上眼后，你是自己的船长，却又不可避免地在拂晓毫无征兆地醒来，在浮世绘般的大背景下，你又难免有些晕船。

虽然西亚觉得，别人见到她时，或许也有一种看到大海的感觉。

每天晚上，她都会把猫抱到床上去睡，任凭它在碎花的床单上滚来滚去。

收拾洗漱之后，已经是凌晨。新的一天，又开始了。她在黑暗中爬到床上，老猫已经熟睡，猫被西亚关灯的声音吵醒，在黑暗里翻了个身，然后发出一种奇怪的声音，也许它也在梦中梦到了她。

醒来的时候，天已经大亮。偌大的城市总有一些人能见证拂晓的来临。卖煎饼的三轮车声响彻街道，还有几个孩子欢笑着在楼下玩耍，手中的纸飞机掉落在积水里，却仍能毫不在意地捡起。

西亚准备好了早餐，猫挺着圆滚滚的肚子，贪婪地喝掉了它的牛奶，又觊觎西亚的那一份。它就瞪着它那宝石般的绿眼睛与西亚对视。西亚最享受的，就是和一只猫对视。她不得不承认，猫是一种灵兽，它们不如狗那样忠诚，又没有狐那么狡猾。只是，就算秘密瞒过了所有人，依旧逃不出猫的眼睛。

老猫向西亚飞扑过来，一下子抱住玻璃杯，将牛奶喝尽，随后一脸坏笑地看着她。

西亚说："虽然这个世界这么嫌弃我，但是我却从来不曾回赠嫌弃。"

2

西亚是个残疾人，她只有一只眼睛可以看到这个世界，另一只眼睛永远都是黑暗。

所以她和猫对视的时候，才觉得那一点光亮是那么珍贵。

很多人都夸西亚坚强，夸她每一天都充满活力。她觉得自己就像是一棵树，被生活的压力连根拔起，只有她自己知道，在根系离开土壤的时候，是多么疼。

西亚原来是个很美的姑娘，身边有个很爱她的人。

二十五岁的西亚为了变得更美，去一家小诊所整容。

但是麻醉一过，西亚的眼睛就感觉不舒服，她陷入了昏迷。

醒来之后，西亚没有变得更美，反而失去了一只眼睛。

西亚无数次地想要放弃生命，但是他都陪着她，鼓励她。

一年后，西亚重新回归生活，他却消失了。

那时的西亚，已经没有勇气再去挽留什么。

她开始独自一个人的生活，学着勇敢。

父母在很远的一个小镇，西亚也辞掉了之前的工作，开了一家宠物店。

西亚说，人只有经历一些失去，才能明白活在当下的意义。

3

我认识的一个姑娘，八年前，她二十二岁，因为过敏症住院，在入院的日子里，她读完一本米兰·昆德拉的书《不能承受的生命之轻》，她开始思索：她该选择什么？是重还是轻？

出院后，她花费几年时间一边恢复她的体能，一边带着对"自我"的困惑频繁独自远行，她跑过文明发达的城市，也待过偏僻原始的村庄。也许，只有当站在悬崖上放眼整片原始森林时，才会被自己的微不足道所震撼。生命是有限而脆弱的，人一生来就奔向死亡，可人生又能剩余多少时间来为梦想奋斗？她决心跟着自己的心，走回已渐远的艺术之"路"。

不久，她顺利地获得了多家英、美知名艺术院校的硕士研究生入学资格，如赢得一场伟大的战役。然而，当她选择踏上美国自由之土的几个月后，她又意外面临突如其来的人生抉择，那一晚，她躺在旧金山公寓的小床上，辗转难眠。

再次来势凶猛的过敏症使她虚弱不堪，在美国寻求各种治疗方法无果后，出现在她脑海里的只剩六个字：

留下来或回去。

她曾为这次学业机会付出很多汗水，就这么回去？她真的不甘心。可是，如果选择继续坚持，那她会付出更惨痛的身体、时间、金钱上的代价。

她在死寂般的房间内备受理智与情感的煎熬，直至天快亮的时候，她毅然决定先回国治疗。于是，她独自处理完美国的所有事情，在朋友的帮助下打包行李、预订机票。三天后，她的亲人在家乡机场拥抱她，可她尝到的回家滋味却难以言表。那一年，恰逢她三十岁，走过成年后的第一个十年。

后来回国后，她积极生活，认真工作，让自己像太阳花一样努力生长。她说她喜欢太阳般炙热的情感，渴望太阳般辉煌的荣耀。当太阳沉落了，她期待着下一个黎明。慢慢地，她发现她可以是月亮，她能够自己发光，给自己力量。

每一天，她都上传一张自己微笑或是晨跑的照片。

我看到照片里的她笑得那么好看。

4

我们这一生，会遇见很多的人，做很多的事，走很多的弯路。但无论如何都要保持自己的初心。

趁我们还能拥抱生活，尽情地去感受它。

每一天，都像是我们穿过的一条河流。难免有人会被河流中的砾石刺伤。

谁都没有权利剥夺我们的明天。

好的爱情，从不为任何人委曲求全

1

"你身上的这件衣服，是 100 元一件的地摊货吧？我还想给我们家保姆买一件呢。"这句对话就是玲丫第一次去男友家，男友妈妈对她说的。

在外人看来，玲丫相当优秀，职业空姐，高颜值且性格温和，很多男孩都喜欢她。可是玲丫家境贫困，当年上大学都是依靠助学贷款。

男友是高富帅，对玲丫特别好。玲丫也和他有说不完的话，好像真的遇到命中注定的那个人。

第一次见父母，玲丫没想到会是这样的情况。男友的妈妈故意支走男友去洗水果，对玲丫说："我们家不会让他娶一个外地户口的姑娘，以他的条件，什么样的姑娘都有。"

玲丫没有像电视剧里演的那样，哭着跑出家，或是恨不得钻进男友家的下水道。

她只是很有礼貌地笑了笑。

她坚信她所珍惜的这份感情不会因为另一个人的质疑而发生改变。玲丫从不是贪图便宜的女孩，和男友结婚时，她没有要任何聘礼，她用自己攒下的钱付了房子的首付，男友给她买了车。

他们没有向家里要一分钱。而男友的母亲，也慢慢地闭了嘴。

是的，一切才刚刚开始，尽管所有人都觉得，玲丫的骨子里一定是想要证明给男友的妈妈看的。

但是好的爱情，从不需要证明。

2

很快，玲丫的工作得到了更多人的认可，她也被调到总部做培训讲师。

老公每天都用心呵护她，她从那个总是被人嘲笑的灰姑娘，变成了更加自信的自己。

周围的姑娘们都羡慕她："人美心甜，老天真是眷顾你哦！"

玲丫的老公，阻挡了母亲的反对，却没有阻挡得了小三的进攻，他出轨了。

玲丫知道老公出轨的消息，没有任何犹豫地选择离婚。

他带给过她最好的爱情，也带给她最深的伤害。

玲丫知道，一个人也可以过得很好。

好的爱情，也从不接受背叛。

有朋友调侃过玲丫："你后悔吗？最好的时光都给了前夫，是不是不太相信感情了？"玲丫笑了笑，没直接回答这个问题，而是扯了一句："我可不是那种离一次婚，就骂全世界男人都是人渣的主。"

和前夫离婚后，玲丫开始短途旅行，我曾在她的朋友圈里看到了这样一段话——"愿你做个平凡的人，一路向善，面目清秀。不偏颇矛盾，不低微脆弱。不盲目索取，不鸡毛蒜皮，无忧亦无惧，以后所遇都是真心人。"

在她的世界，我总算明白，这个女人最让人佩服的就是，她想要的，是一份纯粹的爱，不为钱而委身于谁，也不为了背叛的爱情而继续挽留。

3

写到这儿的时候，我不由想起了婧姑娘，她是我的同学。

从小到大她都很美，很优秀。

几年前，她结了婚。双方家境殷实，门当户对。

她在朋友圈里发的都是他们甜蜜恩爱的照片。

后来，我们渐渐地失去了联系。

前不久，我看到婧姑娘新传的结婚照。

原来，婧姑娘结婚后，发现老公最爱的人并不是自己，便很快离婚。

离婚后，婧姑娘练瑜伽、学游泳，把自己的生活填得满满的。

再后来，她遇到了现在老公。

一切好像来的有些晚，又好像刚刚好。

有时候，我们并不能勇敢地结束一段感情，我们牵绊的东西太多。可是真的只有当你决定之后，才能真正走出困惑。

4

L说自己和女朋友刚开始创业的时候，穷到两个人点了一碗青菜面，女朋友吃菜和面，他只吃半碗面，一人一半汤都喝得一滴不剩，当时服务员嘲笑的眼神他一辈子都记得。

L和女朋友租了一家10平方米的店面卖包子，每晚1点睡4点起，每天都好像是旋转的陀螺。L知道，自己的妈妈生病住院，他需要钱去救妈妈，所以再苦再累，都没有任何怨言。

两年后，攒够了钱，L给妈妈治好了病。

后来L的生意越做越大，和朋友合伙开了酒吧。

他开始越来越忙，对女友的关心也越来越少。

他渐渐成了别人眼中的成功人士，但是他知道，那个在最艰难的时候陪着他的姑娘，已经被他推远了。

再后来，他生意失败，一切又回到原点。

但是他好像累了，不再急功近利，开始期待着一个温暖的人出现，哪怕只是平平淡淡地相守今后的人生。

如果一切可以重来，他宁愿自己还在那个10平方米的小屋，身边是他最爱的姑娘。

好的爱情，容不下半点疏离。

平静的守候，你才会看清幸福最终的模样。

雪小禅说过，"有的时候，洁净的心，需要一些清醒的自闭和与世隔绝，隔绝繁华似锦，隔绝热闹，隔绝绸缎的华丽，人间的修行，洁净大概最难。所以，低头前行，步步为赢，洁净与恩慈，是一种难得的意境。"

好的爱情，也一定是这样的。

纯粹自然，哪怕大风大浪过后，也毫无波澜。

愿每个人，都找到那份最好的爱情，不为任何人委曲求全。

哪里有人喜欢孤独，不过是不喜欢失望

1

苏木在赫尔辛基的天空看到绽放的烟花之后，一个人去午夜场看电影，是部老电影，叫《去往蒙巴萨的单程票》。

她总觉得热闹是一群人的孤单，孤单是一个人的狂欢。

异乡遇见同类人，无话不谈，分享着旧的故事、新的焦虑，以及不愿跟他人提起的隐秘情绪，觉得彼此是患难亲朋、是傍晚浮于沉静夜空的点点微光，不想有一天，因为一些无能为力的隔阂和差别变成陌路。

龙应台曾写道：

人生像一条从宽阔的平原走进森林的路。在平原上同伴可以结伙而行，欢乐地前推后挤，相濡以沫；一旦进入丛林，草丛和荆棘挡路，情形就变了。路其实越走越孤独，你将被家庭羁绊，被责任捆绑，被自己的野心套牢，被人生的复杂和矛盾压抑，你往丛林深处走去，越走越深，不复再有阳光似的伙伴。

"不复再有阳光似的伙伴"，那种感觉，是沮丧的，因你知道，你为了互相靠近已经做出了所有的努力，可是，原本的那扇门，却变成一堵墙了。沮丧吗？是有的。但是，只能接受。

我们越来越害怕和熟悉的人分离，也越来越封闭自己的内心，我们不再对所有人都真诚地笑脸相迎，我们看到越来越多的老人跌倒无人扶，或者热心肠救人却反被诬陷。我们不是害怕真心付出没有回应，而是害怕付出之后得到失望。

2

苏木二十五岁，在赫尔辛基留学，平常总是独来独往，最喜欢做的事情就是阅读和周末去看午夜场电影。

苏木觉得阅读很重要，即使一个人也没有那么孤独。有同学开玩笑说："我读过很多书，但后来大部分被我忘记了，阅读真的有意义吗？"苏木回答说："当我还是小孩子的时候，我吃过很多食物，现在已经记不起来吃过什么了，但可以肯定的是，它们中的一部分已经长成我的骨头和肉。"

长期的阅读让苏木的个性干净利落：公共场合偏于安静，发言时直戳重点，逻辑清晰，做起事情来专注度高，不会大声吵闹，学习能力强，接受新事物更快。

可是有些事情偏偏不像苏木想的那样简单，从小到大，苏木就是小朋友口中的"别人家的孩子"，成绩优异，长相出众。

在高一时，苏木甚至成了全年级第一名，所有人都觉得她高高在上。她赢得了成绩，却被所有人孤立，那种刺入骨髓的孤独远远超过第一名带给她的喜悦。

之后的一段时间，苏木努力做到合群，甚至故意考试丢分，不去争第一名的位置，她觉得自己努力合群之后，同学一定会再次接受她，一定会皆大欢喜，世界大同。

可是，在她这样做之后，得到的反而是更多的疏离，大概从第一次考试开始，他们就与她划清了界限。

从那之后，苏木就开始独来独往，身边没有一个朋友。

3

留学时，苏木找到了自己的第一份兼职。可能别人觉得她这份兼职太过单调，她要按时在每天的上午经过一座小服装店，帮店主送衣服。也就是说，苏木扮演的是一个比快递员稍微清闲点的角色。事情不难，薪水不高，但是苏木接受了。

其实改变苏木的并不是这份工作本身，而是这家小服装店的店主。

那是一个七十多岁的老奶奶。

她去取服装的时候，总能看到老奶奶戴着老花镜，在图纸上画一些图案，然后开动一台粉色的缝纫机。

老奶奶的装扮从来都是花花绿绿的裙子和叮当作响的耳环，鲜艳得像是刚成熟的西瓜。卷卷的头发上别着小发夹，虽然个性，但并不突兀，反而显示出她独特的审美。

苏木从来没有见过这样一个对生活充满热情的老人。

她用旧窗帘的布料和一些美术生爱用的颜料，加以剪裁、拼接，就完成了一件台灯的灯罩。她把灯罩送给苏木，说："小姑娘，脸上多一些笑容，去多认识一些朋友吧，有人相伴，你才能发现这个世界是多么有趣。"

"认识新的朋友太难了，她们总是会离开，还不如一个人。"苏木撇撇嘴说。

"难道因为离开，就不去认识吗？一朵花如果知道自己早晚会枯萎，就拒绝绽放吗？傻孩子，你看外面的阳光多好，不要辜负了自己的好时光。"老人拍拍苏木的肩膀。

苏木以为自己不会再敞开心扉了，结果，她哭了。

她觉得自己孤独了太久。

4

留学三年后，苏木回国，她找了一份人力资源师的工作。她尝试和周围的人成为朋友，不再计较中途走散。她的朋友越来越多，她分享自己的经历给他听，她用心去对待每一个人，年少时那刻骨铭心的孤独，好像渐渐从心里抽离。

站在冬天之中最热闹的街头，苏木挽着男朋友的手，和一群朋友等待跨年的倒计时。烟花耀眼，孤独走远，苏木的心情真的大好，她愿意永远这样好下去，不为任何事物摧折。

这些年的孤独很苦，但是也教会她如何重新去对待孤独。

就像是老奶奶缝纫机下的布料，你的针脚上描绘出的图案，经过了碾压之后，才能更加平整和绚丽。

我们都曾走过孤独的路，我们也都曾疏远过别人。我们有时候宁可与全世界为敌，我们也都曾经历过失望，但是千万不要让我们的自私成为别人心里的疤痕，无法抹去。

我们都不是独立的个体，没有人能活在真空中，我们需要融入这个可爱的世界。

感谢那些陪在你身边的朋友，也请忘记那些故意的疏离。

你总会遇到更多的人，更真诚的心。

不要怕，请多给自己一点时间。

孤独从来不可怕，它教会你如何在黑暗中走好自己的路，不被他人左右，不被议论所困扰，然后，等着你自己去发现同类。

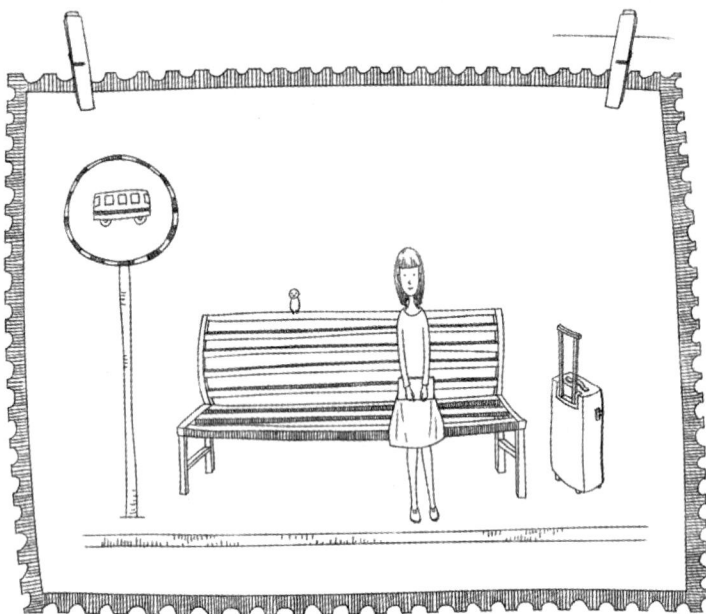

所有你想要的，都在你即将走过的路上

1

有人说，你有过最深的绝望是什么？

小川叔在文字中说：

那年十月，北方的一家公司给我打电话，说之前在招聘会拿过我的简历，现在有意要招一个男设计师，问我可否去面试。我就好像看到了一丝希望，在分公司面试完，觉得一切都特满意，到了总公司报到的时候，才发现那是一家特别破的家族企业。总公司那段时间要赶春节之后的订货会，设计任务特别重，我们每个设计师每天要设计超过20款作品，而且必须用4开纸纯手绘，并配合设计说明。每天晚上9点，老板来巡查。晚上10点之后，我才能回宿舍休息。宿舍朝北，没有暖气，我盖了两床棉被，头上面还要搭一个军大衣，不然第二天一定会头痛。那时候，我觉得最难熬的不是寒冷，而是内心的不服输。

后来小川叔熬过了试用期，换了工作，去电视台做节目撰稿，并出版了自己的著作。

好像那些难熬的时光，是为了让我们用自己的努力看清自己。

小川叔说："我在这个城市活得很卑微，几乎是一路爬行着，鲜血淋漓，最后才有机会勉强站起来，到如今和你们一样混在人群里。生命里那段最难熬的时光，成了日后刻在美好时光钻石上的横切面，它们带着外人无法体会的疼痛，成了今天你看到的浮华的璀璨。"

生活中的每一段路，都有我们不得不坚持走下去的理由。

"唯独请求你不要变成大人"，这是彩虹乐队的歌词。很多人以配角存在的意义，也许就只是以不幸来衬托这来之不易的幸福，在观众都鼓掌的时候，默默地躲在幕后哭泣，或者识趣地跟着一起鼓掌，拍得自己的手掌生疼。

岁月教会我们大石碎胸口的淡定，不用再经受颠沛流离。

小时候老师教我们念："世界它是一幅五彩斑斓的画卷。"长大了，我们才明白，再美丽的画卷，下面也必须有一张单薄苍白的纸承载上面的色彩。

2

《久保与二弦琴》的导演是塔拉维斯·奈特，除了是多次被提名奥斯卡的定格动画导演，他另一个身份更为人所知——耐克集团创始人菲尔·奈特的次子。

1973 年出生、自幼满脑子想法的塔拉维斯·奈特总是被父亲的身份困扰，同学们对他说的最多的就是"帮我代购你家那双限量版鞋""你爸爸今天又上新闻了"。

他抵触运动，拒绝穿 Nike 鞋，拿着斯坦福的 offer，他跑去纽约，自取艺名玩说唱唱片。后来唱片销售惨败，塔拉维斯·奈特沉默回归，读完大学。他毅然拒绝继承父亲的商业帝国，隐姓埋名去了一家影视公司做实习生，潜心研究心爱的定格动画。

父亲瞒着他偷偷买下这家公司，某一天，只负责端茶倒水的塔拉维斯·奈特发现所有人对他都毕恭毕敬，立刻意识到真相，他单方面宣布断绝父子关系，开始了与父亲形同陌路的人生，起早贪黑做动画，发誓证明自己的人生。

这样的关系维持了三年，直到一天，他唯一的亲哥哥，在一次为基督儿童募捐的潜水慈善活动中，心脏病突发，抢救无效去世。他震惊了，突然意识到：为了自尊，他远离家庭三十年。六十六岁的父亲，被彻底击垮，几个月之后，难以承受丧子之痛的菲尔，辞去了 Nike 的 CEO 职务。

痛苦让塔拉维斯重新审视过去，他终于明白，父亲一直都是爱他的。

三十一岁的塔拉维斯理解了父亲的所作所为，决定作为父亲的继承者进入 Nike 管理层帮助他。他也没放弃自己的动画梦想，但此后的很多年，他所有的片子都指向一个主题——与过去的亡灵沟通。

《久保与二弦琴》让很多人哭，是因为，它总是用自己的哀伤提醒人们：我们所遇到的平凡，都是幸运，而我们也一定会在等到失去，才真正地醒悟。

时间让我们看到风浪中可以怎样经历自己的人生，可以怎样对待自己的经历和自己的生活方式，在漫长生活中学会怎样护卫一颗自由的心，在生活大起与大落的时候，让它都是坚强的、自在的。

3

人这一生，虽然时间给了我们很多铭心的痛苦和孤独，但是也给了我们那么多沿途的感动和勇敢。

此刻，你要想着，全世界都跟你无关。

只有你自己。放松，深呼吸。

安静下来，允许自己有些恐慌，允许自己有些难过。

好好看看自己的内心。

其实我们从来不曾失去那些依靠，还有爱，我们仍旧珍惜且怀念那些顷刻间留下的。我看见的那些温暖的故事发生在洁净明媚的阳光下，它靠着蓝天或靠着山川，带着一点点的忧郁却不肯轻易表露出来。我看见的那些积极的力量每天都爬上天窗，让我们的内心直视蓝天。

愿所有人都像植物般生机勃勃，虽然有时候也会因为缺乏水分而萎靡，但是终究会迎着阳光，努力生长，用自己周身的泥土，创造着每一种收获。

有人说，别说岁月漫长，长不过沿途的山脉，长不过车窗外的阳光，长不过光线突然暗下来的隧道。更长不过，下一个远方。

你想要的，都在你即将走过的路上。

PART 8

那些会生活的人，能让平淡的生活发着光

用心甘情愿的态度，去过随遇而安的人生

1

或许你想把生活过成盛夏烟雨里弥漫的花香，一纸素笺，一杯清茶，一室墨香，一页飘满墨香的小楷。然而现实中你还是把生活过成了冬天夜市里飘着的烧烤味，一行鼻涕，一把眼泪，被烟熏呛成黑眼圈的小邋遢。

可能大多数人都一样，无论是有多少种自己想象中的样子，还是最难摆脱现实这个小围城。

但同时，我也相信，大多数人也因有着对美好的坚持，所以无论现在多么苦，哪怕幻想的未来和"5毛特效"一样的效果，也还是信心满满，只是因为我们的生命只有一次，活着就意味着必须要做点什么。为了那个曾经被赋予厚望的自己。

睿安是我见过的活得最优雅也最随意的姑娘。

可以挎着菜市场的大塑料袋出现在巴黎铁塔的夕阳下，可以戴着墨镜抹着大红唇出现在菜市场买鸡蛋，可以踩着高跟鞋去果园摘草莓，可以穿着好看的休闲装出现在大学校园里打篮球。她的美总是相得益彰，丝毫不显得格格不入。

其实，五年前的睿安完全不是这个样子。

那时的瑞安很胖，而且因为从小就一直肥胖，她的膝盖会不时地疼痛，尤其在天气变凉的时候，甚至还得依靠拐杖行走。那些日子让二十岁的瑞安很沮丧，她没有朋友，没有自己的爱好，她的兴趣爱好分为静态和动态两种，静态就是睡觉，动态就是吃。

年轻的瑞安，自卑得像是泥土里的蚯蚓，没有阳光，从来没有得到赞美。

瑞安的体育课从来都是不及格，但是英语却出奇得好。尽管这样，她还是有些厌恶自己。

因为出色的英语成绩，所以瑞安被老师安排参加一个英语话剧，她扮演的是一个胖公主。那是瑞安第一次穿裙子，尽管尺码有些大，在别人眼中她更像是一个喂猪的大妈。但是在那一个小时的舞台灯光下，她发现自己竟然爱上了站在舞台上的那种感觉。

演出完的那一晚，瑞安失眠了。

这些年，她除了努力做好一个普通人之外，似乎什么都没有尝试过。

就这样庸庸碌碌吗？她在黑暗中摇了摇头。

第二天，瑞安报了瑜伽班。

但是因为肥胖的身体和膝盖的疼痛，哪怕是一个简单的小动作，瑞安都完成得特别吃力，她无数次地摔倒，又无数次地站起来继续练习，她觉得自己就像是一个胖胖的不倒翁。

2

坚持了半年，瑞安并没有瘦多少，只不过膝盖的疼痛好了很多，她可以独立完成很多动作，改变最大的大概就是她开始变得自信起来。

坚持了两年，在大学毕业后，瑞安已经从那个邋遢的大胖子，变成了一个纤细的瘦子。

事实上，每坚持一件事情，都会很苦，只不过那些苦我们自知就好。

那些从未看到过的风景，瑞安都想要去看一看。

她从未觉得这个世界是如此精彩。

有人说，瘦下来之后，不喜欢你的依旧不喜欢你。其实我想说，这与胖瘦都无关，有关的是你看待这个世界的角度变了。

瑞安说："当你觉得自己又丑又穷，一无是处时，别绝望，因为至少你的判断是对的。"她说这句话的时候并不是在搞笑，反而特别认真。

当你正确地认识到自己的时候，你才有改变的动力。

那份坚持在瑞安上班后都保持得很好，在每个加班过后精神濒临崩溃的夜晚，她都习惯耐着性子，坚持跑步半小时，然后每天清晨醒来，都首先给自己一个大大的微笑。当你重新爱上自己时，你会发现那缕清新的能量像是你体内的小宇宙，自信爆棚，能量满满。

这样的生活方式，每个人都可以做到。

永远都不要低估我们改变自我的能力。

3

其实我常常觉得，无论以何种方式去生活，都是为了更好地去感知这个世界。读书、健身、旅行、体会身边那些感动，说到底都是我们活着的意义，修炼我们的内在和外观，才能找到自己最好的样子。

我认识一个做设计师的姑娘，她也是自己品牌的模特，每天都会发布自己新设计的作品，每晚都会很辛苦地加班。她说，有一天收到一个顾客的一条信息，问能不能不要拍这么好身材的照片，谁有她这么好的身材？

她回复说："为了使衣服更好地展示给大家，我每天坚持锻炼、控制饮食、保持身材，如果我找一个又矮又胖又丑的人做模特，我想顾客们一定不爱看。我努力变得更好，就是为了让你们看到更美好的衣品。"

她脚踏着缝纫机的脚踏板，伴着针脚匀速起落的声音，感受着面料的温度，想象着穿这件衣服的人在微风中舞蹈。

她从未把工作当成一种烦恼，相反，她把自己的每一个灵感，每一个美丽的微笑都融入生活中，融入她设计的作品中。

朋友说，她每天依然在闹钟振响了三次后，还赖着起不了床，依然在为今天穿什么衣服而浪费时光。她赶在最后的一刻钟挤上公交车，在食堂准备收摊的当口打包一份早饭。看似一天天重复的日子在过着，她却又难免不去感叹时光偷偷溜走。

她觉得迎来送往，能把孤寂化为美丽的，都是用整个生命在修行的那些人与事，纵然如此，也不要否定这些平凡的修行，或许它照亮不了更多的人生，但至少是自己唯一不可替代的。虽脚步细碎，却从未停留。

生活也如是。每个人都是自己的规划者，无论你想要成为怎样的人，都需要用你的一腔热情和时光来一场华丽起舞。

4

就像电影《最后的武士》中的对话一样。

"你相信人能改变命运吗？"

"人应竭尽所能，然后再听天由命。"

好的生活，一定是你用心去喜欢的。

就算没有诗和远方，就算只有眼前的苟且，也要活好每一天，一饭一菜也会连成一篇诗句。哪怕这么多年你还是没瘦，只是为了当年的一句"保重"。哪怕有那么多不如意，那又有什么关系？

浮生难得的是折腾成你想要的日子。

那些会生活的人，总能让平淡的生活发着光

1

一个朋友的朋友，把家里打造得像是一间手工作坊。她把每个月工资的一半都用来布置家里的各个角落，每天都神采奕奕。要知道她的工资并不高，还有两个孩子要养。周围一些好心大姐就开始言传身教："你得学会过日子啊，不要总是花钱瞎折腾，孩子将来用钱的地方多了去了。"

她很淡定，"现在用心去过的每一天，不就是为了让他们感受到生活的美好吗？为什么总是要活在以后，活在将来，现在的每一天难道不好吗？"她一直是一个敢想敢做的人，所以大家虽然都挣着一样的工资，但只有她活得充满活力，因为她懂得如何经营好生活。

她说，每天回家就像走进了自己的小世界，每个角落都是自

己喜欢的样子，整个人的心情都好到起飞，用心经营的生活，大概就是这个样子吧。其实生活的本质都是很琐碎的，有些人每天看着银行卡里的存款，啥都舍不得买，甚至连生活中最基本的衣食都省了又省。为的是在将来过更好的生活，可是将来究竟是哪一天，他们没有想过。

那些会生活的人，总能让平淡的生活发光。一个心中有阳光的人，一定能把日子过成诗。

生活中的每一个小细节都充满了我们对生活的认知。

2

我认识一位叫沐喜的美女摄影师。摄影是她的业余爱好，她用来记录自己女儿的成长。每一张照片都是时间的定格。她说，我想讲许多个关于她的春秋冬夏，但故事和爱，都在这每一帧影像里。

我喜欢她的笑容和亲和力，初次见她的时候，给人的感觉就像是午后的阳光，也像是宫崎骏动画里的夏天。日子细碎且悠长，她要和她的小姑娘快乐如初。

随波逐流的日子过得特别容易，在生活中花心思和精力成为更好的自己真的很难。

有个姑娘对我说，自己把生活过得乱七八糟。感觉每天都有很多事要做，总是力不从心，总是觉得时间不够。没有时间去打理自己，没有时间去收拾屋子，没有时间去做自己喜欢做的事情。

其实之前我也是这样的状态，每天忙忙碌碌，总觉得"现在把日子过得糟糕一些没什么，以后补回来不就得了"，可是真的到了以后，我却发现，自己失去了太多生活的乐趣。

3

怀孕时，我觉得自己是孕妇，邋遢一些无所谓，舒服就可以了。现在看以前的照片，我发现，照片中那个脸像面包、穿着肥肥的卫衣，像是一个四十岁的大妈的人就是我。没错，我当时的想法是，反正是怀孕，又没人看，可是当我后来去产检时，发现有些孕妇即使肚子很大，依然把自己打扮得美美的，出现在人们视线范围内都是一道风景。有时候总是把家里弄得乱糟糟，衣服随意乱放，总是等着有时间再收拾。直到后来，我遇到一位特别爱收拾家的同事，她说，家就是我们生活的大部分，家里收拾得温馨了，才有好的心情去生活和工作。

后来我开始认真整理衣物，学会收纳，学会把自己的家布置得温馨，像是草木一般，家也有它的灵性。我也开始学着服装搭配，以前总觉得一定要瘦，等到瘦的时候再收拾自己也不晚，可是后来发现那不过是自己懒惰的借口，我见过很多更胖的女孩把自己打扮得很精致，看着很养眼。真正的美和胖瘦无关，只要你用心经营自己，任何时候都是美的。

　　我们的人生，无非是从父母的家到自己的小家，也无非是一餐一衣，从小时候父母的挑选，到最后自己的审美品位。

4

　　我见过一位老人，她是我小时候的邻居，小时候见到她的时候，她大约四十岁，她总是穿着一身破旧的衣服，干瘦，两眼无神，她经济并不是不好，相反她的家庭条件很好，但是她把所有的钱都攒下来留给她的儿子，只要是她儿子想要的，无论多贵她都答应。她总说，只要儿子过得好，自己就开心。

　　就这样过去了十年，我搬了几次家，再见到她的时候，她还是当年那副样子，没有变老，但是好像印象中她也从来没有年轻过。她的儿子刚结婚，她把所有的钱都给儿子用来创业，聊了一会儿，她就接到儿子的电话，问她为什么还不回家做饭。当她转身的时候，我突然一阵心酸，她从来没有抱怨过自己付出的艰辛，可是这么多年，她完全没有为自己而活，甚至没有为自己买过一件像样的衣服，生活的意义对于她来说，或许只是她的儿子。

这样的观念很难改变。她们奉献、牺牲，甭管生活需要不需要，总之她们给自己找到这么个定位就不肯放弃了。她们缺乏享受生活的能力，内心沉重，不快乐，她们否定了自己，用自己的年华成全了别人。

她们企图在那些完全是别人的事情中寻找到自己的意义，就难免活得太累。

5

有多少人真正的活在当下，她们拼尽全力，却有时候把日子过成了煎熬，像是一碗正在熬的汤药，充满了苦涩。活在当下，不是要超越自己的能力去浪费和消耗，而是懂得体会生活中的每一个美好细节，不为明天焦虑，也不把糟糕的昨天一直延续，每一个清晨醒来的时光，都是一天最好的开端，做一个能令自己快乐，也能令别人快乐的人。

每个人都有能力把我们的生活过得更好，我在手账少年上看到很多会生活的达人，他们哪怕只是租住在20平方米的小房子里，也会把旧物改造成适合他们居住的温馨小家。当他们用心修剪枝叶，挑选花瓶，用心插花布置自己生活的空间的时候，大概最能体会生命和自然的力量吧。

请用心体会生活，阳光、美食、鲜花、惬意时光。

生活是我们自己的，我们无法预知多年后的我们会是什么样子，但是我们可以把生活过成我们喜欢的样子。

生活不是统一的模板，不需要我们总是按照别人的样子去复制，当我们过好每一天，就已经很有趣了。

亲爱的姑娘，你需要有一件好看的睡衣

海明威说："优于别人，并不高贵，真正的高贵应该是优于过去的自己。"

1

前段时间，甲哇哇接到一张邀请函，打开一看，乐了：睡衣派对。

甲哇哇穿着自己宽松的加绒睡衣屁颠屁颠地去了，结果到达地点的时候，她肠子都悔青了。

其他姑娘都是穿着漂亮的蕾丝睡裙，各种风情万种的迷人装扮，而甲哇哇穿着厚厚的睡衣睡裤就风风火火地出现了。

原来，她所理解的睡衣和派对的睡衣，差了十万八千里，难怪连举办派对的酒店门口的那个保安都懒得看她一眼。估计他还以为是哪个精神病医院的大妈穿着睡衣就狂奔出来了。

这就是为什么同一件事情很多人的理解不同。

对姑娘来说，生活有时候真的需要一些仪式感，需要一些小精致。

有人说，该喝醉的时候一定不能少喝，该唱歌的时候一定不要干坐。也许无趣的不是这个世界，而是我们没有坚持那些有趣的活法而已。

我在网络上看到一组对比照片：一张是妈妈和宝宝穿着亲子装，妈妈的妆容很精致；另一张中的妈妈是素颜，头发乱糟糟，抱着身上脏兮兮的孩子。图片配的文字是：你想活成哪一种样子？

我知道所有人都想要活成前一种，说起来容易，做起来并不是那么容易。

因为你无法保证一丝不苟的发型不会突然被小孩抓一把；无法保证你的连衣裙在抱孩子的时候，不被她的小皮鞋踢脏；无法保证她不会突然在公共场合大哭或大闹，弄得你手忙脚乱，一脸尴尬。

但是我们也不能因为这些，就放弃好好去享受生活的每个瞬间。

2

很多人总是觉得应该等到一切都准备得妥妥的时候才能去好好享受。

等到有钱了，就来一场说走就走的旅行。

等到瘦了，才去买美美的衣服和包包、化美美的妆。

等到有时间了，才去陪心爱的人去做喜欢的事。

等到……

结果，很多时候我们等到黄花菜都凉了，还没有做我们喜欢做的事情。

我曾在逛街的时候，见过几个很胖的女孩，她们虽然胖，但是都化着好看的妆，衣服搭配得都很好看，看到她们的时候，真的会觉得赏心悦目，像是很美的风景。很多时候，我们都缺少这样一种自信和对美的坚持。

刘若英在《一世得体》中说，我尚且会提醒自己脸上总要带上笑容，心中满是欢喜，这很重要，因为唯有如此，才是一切得体皆宜，这是祖母教给我的。

3

有时候"化妆"装扮的不仅仅是脸，还有你的心。相由心生，心由相表，我们看这个世界的时候，这个世界也在看着我们。

每一天的生活，都是一个大派对。

有人说，女人的岁月，无非就是从一条公主裙，到一件真丝白衬衣，最后到你愿意去穿一件简单的黑袍，行走世间，包容万象。

而年轻时的你，需要一件好看的睡衣。在某个美好的夜晚，穿上自己喜欢的睡衣，还原自己久违的少女心。我们穿的不是睡衣，而是认真生活的态度。

八十七岁的美国老太太海伦·温克尔是一个普通的美国老人，在她身上，岁月的痕迹一览无遗，身上的肉松松垮垮的，赘肉占领了所有曲线，斑点和皱巴巴的皮肤覆盖全身，她没有和时间进行无谓的抗争，只是坦然地勇敢地打扮自己，对各种潮服来之不拒，她佩戴各种夸张的首饰，画哥特妆，烈焰红唇。在很多人眼中，她的穿着太过大胆，不符合她年龄的品位，但是她的勇敢让人懂得，原来在走入暮年的时候，一个人依然可以有热情、有活力地去改变自己，装扮自己。

很多时候，我们都缺乏装扮自己的勇气。

4

　　我曾在几年前看到过一个特别有趣的演讲。演讲者说，他年轻时，去欧洲背包旅行，在巴黎街头看到一间西装店，他瞅准一套西装就往身上套，连衬衫、领带、皮鞋也统统拿下来穿上了，所有的一切，就发生在 30 秒以内，一气呵成。

　　他回头一看镜子，感觉自己真的很帅。然后他才看价格，折合韩币大概是 12 万左右，当时他身上一共是 120 多万。于是，他就想直接买了。忽然仔细一看，原来他少看了一个 0，衣服是 120 万韩元。他平生买的所有衣服加起来，都没这么贵。但是他实在不想脱下来，镜子里那个小伙子简直帅得炸掉。纠结了半天，他还是买下了那套西装。

　　第二天早上一醒，他开始发愁，身上只剩下 5 万韩元，该怎么办？

　　他拿着 5 万韩元，找了宾馆住了一晚，第二天早上，他边结账边说："老板，我去火车站拉过来三个客人，你就让我多住一晚吧。还有，如果能拉来五个人以上，就按人头给我提成。"

　　老板答应了。当天，他只花了一个小时，就拉过来三十多个住客。

凭什么？因为他穿的像 Boss 啊。宾馆的生意越来越好，后来他去了火车站又雇了一个小伙子。

当他离开那家宾馆的时候，兜里一共揣着 1000 多万韩元。他说，这一切，都是因为当时买了那套昂贵的西装。自那以后，他就有了一个一直遵守到现在的原则：现在就要幸福。

每一件衣服都体现着你的生活状态，在生活的舞台上，有很多闪闪发光的人，从某种意义上都是自己精心准备过的，虽然每个人都有瑕疵和苦恼，但是那些花在修炼自己气质上的时间，都可以让自己过得更加平和自如。

有些时候，我们和他人的区别和距离，只是一件好看的睡衣而已。

真正的顺其自然，是竭尽所能之后的不强求

1

刘铁丹是出了名的抠门和爱吃。日常生活的每一项支出都记在自己的小账本上。

有一次，她去朋友家吃火锅，吃到最后锅里没东西了，刘铁丹还一直捞，朋友开玩笑说："要不你把裤腿挽起来下去捞。"

当天晚上，刘铁丹做梦吃面条，一醒，鞋带没了……

朋友开玩笑说，她把好好的生活过成了紧巴巴，嘲笑她不懂生活，浪费了大好时光。

很多人都说："我哪是什么朴实、节俭、会过日子的人，我只是单纯的穷而已。"

其实刘铁丹并不是一个很穷的吃货，她努力工作，拿着一个月上万的工资。但她总是抠门节省，从不逛商场，买名牌。

她从事着地质勘查的工作，那个团队里的每一个人都朝气蓬勃。她是团队里仅有的两个姑娘之一。他们走过了那么多的地方，她曾在茫茫的戈壁滩上迷路，在白雪皑皑的高山上扛着经纬仪走山路。有时候和同事在山上吃榨菜，她觉得每一块石头都有自己的温度和故事。

周围的人都觉得刘铁丹把二十几岁的人生过成了五十岁的样子。但是在刘铁丹二十八岁生日的时候，她却把自己工作三年来所有的积蓄都捐给了她家乡的小学。

她说，她出生在一个贫穷的小山村，从小就没有见过大山外面的世界，是读书改变了她的命运，让她有机会看到世界更广阔的地方。所以拿年薪的她，从一开始就有一个小梦想，去让更多的小孩有机会看到外面的世界。

她说，生命是向内生长的过程。

只要我们内心觉得是快乐富足的，那么它就是最有价值的。

2

澈言在一篇文字中写道：

跟着客户见了规格极高的餐厅和五星级的酒店，住够了六环外跟陌生人合租的只有一张床的隔断，看见别人家电齐全精装修的两室一厅羡慕得两眼放光，蹭坐在同事的奥迪车里再也不好意思骑自己的廉价的自行车，联想着昨天下午偷偷看到别人五位数的工资单和他们又刚刚换的新手机，当我忽然认识了这个世界之后，我忽然就变得不认识我的世界了，那种状态持续了很久，而且愈演愈烈，什么事都不能让我高兴，我觉得这个世界真的无趣。

那种急功近利的想法会吞噬掉很多人的斗志。

可是一副听天由命的样子又太 out。

我们的生活就像是麦兜说的一段话："拿着包子，我忽然明白，原来有些东西，没有就是没有，不行就是不行，没有鱼丸，没有粗面，没去马尔代夫，没有奖牌，没有张保仔的宝藏，而张保仔也没吃过那包子；原来愚蠢，并不那么好笑，愚蠢会失败，失望并不那么好笑，胖并不一定好笑，胖不一定有力气，有力气也不一定行。拿着包子，我忽然想到，长大了，到我该面对这硬邦邦、未必可以做梦、未必那么好笑的世界的时候，我会怎样呢？"

很多人都说，听天由命吧，命中注定你有的一定会有，命中注定没有的强求也没有用，但是你没尝试过，你又怎么知道命运是怎么安排的呢？

我们总是喜欢拿"顺其自然"来敷衍人生道路上的荆棘坎坷，

却很少承认，真正的顺其自然，其实是竭尽所能之后的不强求，而非两手一摊的不作为。

3

有人抱怨，为什么倒霉的事情总是跟着自己，在地铁里被挤掉鞋子，上厕所的时候掉了手机，跑销售的时候丢了面子，网上购物的时候买了假货，吃饭的时候崩了牙，用一晚上写的方案被一秒钟否定。

那些黑暗消沉的时光中，你是不是也曾经无助地哭了很多次，是不是无数次想要放弃？可最后你还是咬着牙坚持了下来，其实让你一直坚持的理由未必是明天有多美，而是每一步都是你自己走过来的。

我们总在雾霾后，才能更懂得晴天的美好；总要经历一些痛苦，才能更懂得活在当下的意义。

如果你不想变成整天无所事事的庸人，不想以后回忆起这一辈子没有让自己感到骄傲的事情，不想以后每天做的都是不喜欢却必须做的事，就必须充盈自己的内心并且喜欢这个世界。当你对这个世界充满更多爱的时候，你会发现，成熟比成功更有成就感。

不要在现实面前退缩，那些痛苦只是我们在积蓄力量时的前奏，不要总是拿我们的生活去对比，每个人的人生都是与众不同和独一无二的。千篇一律的生活，不过是我们重复模仿的空壳，要花更多的时间武装我们的头脑，你有多睿智坚强，你生活的舞台就有多宽广。

人生需要不断感动，才能守住那些始终干净的东西

1

曾经以为，生活就应该是无坚不摧的样子，我们就应该像战士，像打不倒的小强，可是后来才发现，人生需要感动，才能守住那些始终干净的东西。

我记得小区周围有很多流浪狗，有一位老人总是会定时地给流浪狗带去食物。

可然和我说，她在社区工作的时候，去慰问贫困户的时候，每次都会泪如雨下。

有一家贫困户，小孩刚刚十岁，母亲患了心脏病，父亲因为车祸只剩下一条腿。

她带着慰问的米、面、油去他们家，看到他们家家徒四壁，小孩子一年也洗不了几次澡，脖子黑黑的，衣服皱巴巴的沾满油渍。可然说很难想象现在还有人生活得这么苦。

每个人的生活都有自己的苦，那些我们以为不曾遇见的艰辛，都在每个角落存在。

去年消夏节的时候，每晚广场都会有演出。

有一个二十多岁的小姑娘，每次都站在第一排，演出结束后，她总是第一个爬上台，用力鼓掌，笑得很大声。

有人说，这个姑娘又来了，她是个患有精神病的孩子，从很小的时候，每年演出的时候，她都会跑来看，那几年个子小小的连台子都够不到呢，现在长大了，可是依旧那么傻……

我看着小姑娘兴高采烈地拍着手，或许在她的世界，她永远是无忧无虑的小孩。

这个世界永远都需要纯真的笑容，哪怕那个患有精神病的姑娘并不懂得笑的真正含义。

2

电影《摩托日记》中，1951 年 12 月 29 日，阿根廷，布宜诺斯艾利斯，一个患有严重哮喘病的二十三岁青年，和一个二十九岁的朋友，带着简易的行囊骑上一辆1939年产的诺顿500摩托车开始一段横穿南美大陆的旅行。

阿根廷—智利—秘鲁—哥伦比亚—委内瑞拉，路在轮胎下延伸了12000公里。宽广无垠的天地，不见尽头的大道，摩托车的轰鸣，还有青春的梦想，一同在路上飞扬。世界在未知的地方展开。

世界在你所不知道的地方改变了你，而你也决定改变这个不公正的世界。

有个驴友提到自己赴藏的经历，他说：

冰雪路段的出现，幸福了我们的双眼，却再一次加剧了双脚的痛苦。融化的雪水顺着原有的道路，缓缓流下，还来不及注入河流，便再次结出片片冰层，层层叠叠地堆积起来，踩在上面奇滑无比。老王一不留心，上去的第一脚就是一跤，手肘和膝盖重重地磕在碎石上，即便是隔着厚厚的衣服，也难逃挂彩的命运。疼痛，疲惫，依旧还是要继续前进的。

我没有带登山杖，脚稍微在冰面上一点，便确信这绝不是偶然的大意滑倒，无奈之下只能另辟蹊径，选择更加耗费体力的方式，踩着旁边的碎石，跌跌撞撞地行进。到卓玛拉山口的这5公里，可谓是我这两天里走过的最为漫长的5公里了。或许在别人眼中，我们的这些行径很难被人理解，甚至被称之为自虐。但他们也绝对无法体会到我们一次次冲破极限、挑战自我时的感动，无法体会到当你真正寄情于山水之间时，大自然带来的无尽惊喜。我也始终相信，只要你敢于做出这样的尝试，你将永远无法忘记当时的那份感动，并深陷其中，无法自拔。因为，山，就在那里。

出行前，他就试着查阅了一些冈仁波齐大转山的游记，虽然完成过转山的驴友很多，可真正留下详细记录和丰富照片的却寥寥无几。真正上路后，他似乎知道了其中的缘由，身体上的疲倦，审美上的疲劳，再加上无法忍受的寒冷，让人很难再主动去打开相机，更不可能做到静心记录，美景便这样离开了他们的镜头。

路上，他们赶上了一对驻足观望的夫妻。他们的衣着和其他转山的藏民有所不同，给人感觉应该是长期在城市里生活的。大妈拄着一根木棍站在前面，大叔则背着只双肩包，默默地跟在后面。虽然艰辛，但两人的脸上始终洋溢着幸福的微笑。

当我们被这个世界感动，我们才会更好地前行。

3

幸福的定义应该是这样的：落雨的夜里，你风尘仆仆赶回家，车站的路灯下有等你的伞；窗外风声很紧，睡眼蒙眬中，有人替你掖了掖被角；你无意中流露出的喜欢，连自己都忘记了，却被人悄悄记在了心里。

这个世界上，钱和权力确实能让人活得舒服，但爱却让我们勇敢和安心。

其实，很多时候，让我们疲惫的并非是前行的过程，而是我们渐渐失去的那些感动。

你还会扶起跌倒在马路上的老人吗？

你还会帮助那些真正的乞讨者吗？

你还会为一首歌感动吗？

或许你会说，那些都是骗人的，还是好好地为自己活就好。傻瓜才容易感动呢。

可是我相信，你依旧会被那些温暖的笑容所感动。

你如何对待生活，生活就如何对待你。

你应该也有这样的体验：当我们开始忙碌的一天时，陌生人一个善意的微笑，邻里间一个简单的问候，朋友间几句真诚的对话，爱人间一个大大的拥抱，你会发现，一整天的心情都是好的。

让生活每天充满阳光的，是每一天在嘴角开出大大的花朵。

生存面前大家都是战士，只是装备不同

1

晓雅说，她在公司的年度考核中，又华丽地垫了底。

安可说，他们电视台观众最满意的主持人评选中，身为主持人的她居然没有看到自己的名字。

赛思说，她去年一整年的销售业绩为零。

可是，他们明明都很努力啊。

晓雅从国外留学回来，她觉得自己有过硬的技术资质，在工作中从不马虎，可是她从不爱与人沟通，她觉得和同事相处简直是在浪费有效的工作时间，而且她脑海里总是会出现四个大字：都是对手。

安可是名校新闻主持专业毕业的大学生，声音好听，但是工作稳定之后，她却因为工作忙，疏于对自己身材的管理，有时候半夜下了节目，还会再吃一盘麻辣小龙虾，所以她也快变成肥胖的"小龙女"了。在镜头面前，她的脸越来越大，很多观众调侃说，好像电视有点窄，快放不下她的脸了。

赛思人美心软，口才不佳，所以在她成为楼盘销售员之后，她总是没办法很顺利地把房子推销出去。一开始她的靓丽形象为她加分不少，可是一开口讲话时，她就说不清楚房子的优点。有时候顾客开玩笑说："姑娘，我书读得少，你也不能这么欺负我啊。"

2

记得妹妹在读小学三年级的时候，有一次学校举办运动会，她报名参加的是 50 米短跑，跑之前，我们都到学校给她加油，那些年学校凡是跑 200 米、500 米、800 米的同学因为担心跑步时间长胃不舒服，或者是为了跑步更方便，所以在开跑前在自己的腰上系上红领巾或是其他腰带勒紧肚子。

那天阳光明媚，跑 50 米的妹妹居然也在腰间系了红领巾，预备枪声一响，没等我细看，他们的 50 米比赛已经结束，四个人比赛，妹妹跑了第三。当时我和爸爸笑得停不下来，心想小孩太搞笑，短短的 50 米还需要系个红领巾，而且她还是辜负了红领巾对她的期望，跑了倒数第二。

之后的很多年，我们都把这件事当成笑话去讲。

可是妹妹说："即使是 50 米，我也要准备好呀。"

后来我想了想，觉得她说得很有道理。

我们的生活，不就像是随时要比赛的一个赛场吗？当你都准备好了，才能更好地发挥你的潜力，哪怕最后是失败，也没有遗憾。

新的一年，我身边的那三个姑娘也开始改变。

晓雅学着与同事真诚沟通，哪怕是一句早安或者您好，她都尽量让人觉得是发自内心，同事们也对她不再戒备，不再觉得她高高在上冷冰冰，她开始更好地融入自己的工作圈子。

安可也下定决心开始减肥健身，因为她的职业决定着她必须让观众有一个更舒适的视觉感受，而且她觉得她的形象不仅仅代表着她自己，而是代表着这座城市新闻主持人所呈现出来的气质。每天下节目的小龙虾变成了夜跑和跳绳。

赛思也决定认真阅读和好好练习自己的口才，每周阅读两本书，每天早晨口才练习一小时。坚持了一段时间之后，赛思终于体会到做一个内外兼修的姑娘的乐趣，阅读的积累和知识面的拓展也让她和顾客聊得更自在，不像之前那样拘谨的结结巴巴。

我们的短板，其实也是逼我们努力改变的动力。每个人都不可能十全十美，就像是读书时老师让我们查漏补缺一样，我们的人生，也需要时刻用心审视。

正如王潇所说："哪有什么大女人小女人之分，都是看愿拿什么出来打关并且打得赢打得愉快。生存面前大家都是战士，只是装备不同，颜值和才华同属可选装备，都需天赋，都靠努力。在哪个战场用什么打，能否打赢都是悬念，选定后就该多练级少抱怨。拼才华的和拼颜值的狭路相逢应该是最深的懂，微微一笑，互道珍重。"

3

有时候，我们就是要把人生当成一场随时都要准备奔跑的110米跨栏比赛。

虽然中途有很多障碍，但是勇敢地跑过去，总会跑到终点。

她出生在堪称"体操荒漠"的乌兹别克斯坦，七岁开始体操训练，十六岁获得第一个世锦赛冠军，二十一岁，亚特兰大奥运会后她功成身退。和一位摔跤运动员结婚，生下儿子。儿子三岁的时候，患上了白血病。做运动员时的那些积蓄，远远达不到治病所需的数额。面对难题，她决定重回赛场，用比赛的奖金为孩子治病，那一年，她二十六岁。是的，在二十岁就被称为"老将"的体操界，她拖着已经二十六岁"高龄"的身体重新投入了训练。

一句"你未痊愈，我不敢老"让许多人为之泪目。

当三十八岁的她站在里约奥运会的赛场上时，所有人都为她加油呐喊。

游泳运动员傅园慧在微博上发表了自己二十一岁的生日感言。

她说："我永远也无法忘记，曾经已经不堪一击的我，和这一年最痛苦挣扎时的我，是什么样子。有一天我突然肩膀抬不起来了，那天中午正好轮到我洗碗，我不小心把手里的盘子砸到水池好几次。我其实很害怕，下午还要游强度的，我不能缺课。赶紧找大夫扎个针灸。结果下午训练衣服都穿不上去了，但是我还是去游了强度，虽然游得很慢但是毕竟还是训练了，就这样坚持了几天，我又倒下了。我不想比奥运会，不想游泳，不想当运动员，我想回家去。我不懂我为什么会这么崩溃，后来我知道，是因为我在坚持与放弃之间犹豫不决，它像毒药一样一点点腐蚀我的意志，我痛苦是因为我想要变强，我不想放弃，走进奥运会赛场的时候，我已经是全新的我了，尽管只是个第三名，但这是我用了整个身心换来的，它对我来说，是最好的。"

如果你觉得一件事很轻松，或许是因为你根本没做到最好！

让我们时刻准备好为自己奔跑，就像在体坛颁奖晚会上傅园慧问刘翔："刘翔哥哥，你的伤还痛吗？"

"梦里会痛。"

心灵的修炼，是我们一辈子要去做的事情

我一直都觉得，比你的气质更重要的，是待人的方式。

我见过太多美丽的姑娘，有的落落大方，有的斤斤计较，有的豁达宽容，有的尖酸刻薄。

一个真正意义上的美女，一定是让人感觉有亲和力的，而不仅仅是外观上的优雅。而心灵的修炼，却是我们一辈子要去做的事情。

1

因为单位举办的一场演讲比赛推迟了时间，而我们忘记通知参赛选手，导致有几个小姑娘按照之前发的通知上写的日期赶了过来。尽管我们做了解释，有些人看起来还是很不高兴，埋怨我们没及时通知，让她们白跑一趟。而其中一个姑娘给我留下了深刻的印象。她扎着马尾，穿着白衬衫，化着简单的淡妆，气质特

别好。我忙向她解释没有及时通知的原因，她却一直面带微笑，说："没关系，等到确定了时间我再过来。"然后很有礼貌地打招呼离开，当时给人的感觉就是内外兼修的大气。

过了几天，她来参加演讲比赛的抽签，需要到电脑上存储音乐背景，我们又见面了。渐渐地，我们熟识起来，原来姑娘除了工作之外，还是一名兼职主播，她的气质里的那种落落大方和优雅，是我特别欣赏的。

明明可以靠脸吃饭，却又用美丽的心灵征服了别人。

比起那种整容脸、大波浪的姑娘，这样的姑娘简直是生活中的一股清泉。

她在工作之余，会录制自己喜欢的电台节目，闲暇时去画画莫奈小镇，会去学习插花，做一个花房姑娘。这样的姑娘像是一道闪闪发光的风景，让你觉得"原来生活真的可以更美"。

可能大多数人都一样，每天的工作很繁忙，每天都熙熙攘攘、忙忙碌碌，终日都只为生活奔波，没有太多的时间，甚至每天都手忙脚乱，很少有人能真正放慢脚步去欣赏我们的生活。

同时，我也相信，大多数人这么疲惫、这么拼命，都是想让生活变成自己喜欢的样子。

幸运的是，我们总能遇到一些美丽的人、美丽的心灵，让我们更加相信，我们为之努力的前方是阳光明媚的。

2

小薇大学实习时第一次去打工，在泰式餐厅，主管让她们双手合十向客人说"萨瓦迪卡"，她当时脑子一紧张对着客人双手合十说了声"阿弥陀佛"。

有一次，餐厅来了一个外国客人，结完账走人的时候对她说了一大堆外语，然后笑着看着她。小薇当时完全没有听懂，正焦虑时，一旁收拾碗筷的阿姨说："他让你帮他拍张照。"

那一瞬间，小薇觉得自己作为失败的典型，实在是太成功了。

小薇突然意识到，不能轻视周围的任何一个人，之前她还对收拾碗筷的阿姨有很多不屑，她觉得她一定是生活潦倒困苦，才会每天做这么累的工作。可是之后观察，那位阿姨对每位顾客都面带微笑，遇到不礼貌的客人她受了委屈也总是耐心地解释，没有客人的时候就坐在那里用小本子背单词，直到餐厅庆祝开业纪念日的时候，她看到那位收拾碗筷的阿姨穿着晚礼服，优雅地和她们举杯欢庆，才知道原来她是老板的妈妈。

后来，小薇也学会了如何用真诚的微笑和客人沟通，如何在有效的时间内更有效率地学习，她学会了做减法，把自己那些负面情绪减掉，做的减法越多，她反而觉得自己得到的越多。虽然小薇在那个餐厅仅仅待了三个月，但是生活教会她的，是不管遇到什么都用心去对待的态度。

一个人美丽的心灵，完全不在于她处在什么样的环境，什么样的境遇。

电影《阿甘正传》中说，让每一天都有所值。就像太阳落山前映射在河口上，有无数的亮点在闪闪发光。

3

贴吧上，有人问：有没有一件小事，让你觉得自己很善良呢?

A说："之前来办公室门口修瓷砖的工人，我能做的就是跟他们客客气气，双手递上茶水；且因为电钻钻出来的水泥灰尘太呛，给他们拿去了我自己买的口罩，希望出门在外以己微薄之力，予他人温暖。"

B说："去年秋季，邯郸学步桥旁边有个夜市。那天下着小雨，有个中年妇女撑个小雨伞在三轮车上摆了几袋卫生纸，上下学的女儿趴在三轮车上写作业。我是出差在外用不着，但是我也买了两袋，走了几步接着送给了做环卫的老人。"

C说："每次在楼道里看见有送外卖的在奔跑着上电梯，我都会为他们开门，按好电梯让他们先行。送餐员为了抢时间可能自己都没有吃饭，很心疼他们，这个世界每个人都释放一点温暖，冬天将不会冷，因为他们的心是暖的。"

其实我常常觉得，无论是以何种形式去修炼我们自己的内心，都不是为了别人那一点谢意，而是想让别人感受到更多的温暖。待人，接物，学习，奉献，都是我们需要一辈子去感知的事情，说到底都是善良的能量，你怎样对待别人，这个世界也会怎样对待你。

4

大概人生所谓的圆满，像弦月后的一轮晕圈。心中有弦，弹奏出我们自己的日月光辉，只要是不负生命的小宇宙，纵使缺憾亦不枉人籁。

请修炼你的心灵，记住我们古老的传承，它更像是一段历史，象形、指事、会意、形声，每一种姿势都胸怀一个隐喻。还有所有坚持前行的人，熬煮经年的血汗，衣兜里揣满善良的种子，在最后一场干冷的季节种下，相逢屋檐流淌的第一滴雨。温热的希冀，终会长出新绿的叶子来。

如果你觉得生活是美好的，你一定拥有一双发现美好的眼睛，和一颗踩不碎的心。当你的心灵是美的，那么再悲催的事情，也都会被你的温暖溶解。

我们乘愿而来，请不要辜负此生

1

后来我曾想到的那些瞬间，和那么多彻夜难眠的纠结，好像感受到的不是当时的痛苦，而是经历过苦痛之后结痂的勇敢，时光让我们学会无惧风雨，所向披靡。

这是我看到苏易发在朋友圈的一段话。

嗯，当年的苏易真的是个有个性的女孩。

记忆中的她，瘦瘦小小，但是身上好像积存着巨大的能量。

高中时，苏易就以无所畏惧而勇闯江湖。

她的大胆是出了名的，老师讲课的某一处观点和她的理解不同，她会立即提出，而且滔滔不绝地讲出自己的理由。不论做什么事，她都有一股不服输的倔强。

那时我们都觉得，这个丫头够厉害。

很长一段时间，她都独来独往，因为与众不同的个性而遭到同学们的各种议论。

后来她迷上了写诗，文笔也特别好，看着自己的一篇篇被发表的诗歌，她都剪贴下来做成手帐。

大学毕业后，苏易迷上了国学，开办了自己的书院，热衷读书、写字、教书。因为有几年画画的功底，所以苏易对国学艺术的理解更为深入。

内心有梦从未停止，她从不对生活妥协。

正是因为她这股劲头，所以她的人生一直都像一抹湖蓝一样静放。

梦想的确是人生最有力的加油站，虽然有时候她会在凌晨4点休息，只为一个讲座方案更完善，也会带着孩子为各项读书活动奔走忙碌，直到孩子在车里睡着才结束一天的行程。

她说："在任何觉得不适的境地中都是一个觉醒和提升的机会。我完全接受命运的安排，我不抗拒，我愿自己坦然明媚地应对，我相信自己永远活在爱与光明中。一切都是最好的安排，只需等待，一切都会好……"

我见过很多变得越来越好的姑娘，并不是她们多么富有、多么美，而是她们的心，一直都是特别纯净的样子。

2

有人提问："截至目前你生命中最好的那一天，发生了什么事情？"

有人回答："生命中最好的那一天啊，闹铃响起的时候我刚好也睡醒了，精神饱满地按下闹铃起床穿衣，妈妈做了我爱吃的早点，奶茶温度刚刚好，就在喝完它的一刹那，我看到了清晨的太阳和火红朝霞。骑着车子去上学，路上听了我最喜欢的吉他曲，经过的十字路口恰好都是绿灯。

"放学时，三五好友嘻嘻哈哈；回家后，小狗第一时间跑来迎接我，爸爸切好水果问我今天开不开心。这些事情好像平凡得不值一提，可是人生里能有几个这样平凡里浸满了幸福的日子呢？"

我们总是想要充当夸父追日的英雄角色，却忘了最平凡的我们才是最真实的存在。我们应该像范仲淹那样"不以物喜，不以己悲"，然后，去过我们形象不羁、笑点低的小生活。

有一个女孩子，曾经给我的邮箱发过她的故事。

她说："喜欢了一个人三年，完全低到尘埃里，可是开出的只是带刺的仙人球，好像完全失去了自我，小时候刮奖刮出'谢'字还不扔，非要把'谢谢惠顾'都刮得干干净净才舍得放手，和后来太多的事一模一样。

"我觉得总有一天他会喜欢上我，可是无论多努力，他总是视而不见，我是不是该放弃？"

我回复："如果一段感情不被在意，那就不要浪费时间，事后想想，觉得有些爱即使没有结果，至少我们在动心的那一刻，是真的。"

为什么不多写几句，给这个坚强美好的女孩子多一些鼓励？

3

记得三年前，我和几位前辈去一个大学校园给同学们讲写作。互动提问时间，一个姑娘举手问我："怎么样和自己喜欢的人表白？"当时在场的同学哈哈大笑，我也只是很官方地回答："勇敢去表白，不要怕被拒绝。"

可是三年后当我再想到这个问题的时候，我会告诉她："当你变得更优秀，变得更勇敢，成为更好的自己时，你就可以去表白，哪怕被拒绝，也不会有遗憾。"

当你变得更好时，可能考虑的就不是表不表白的问题，到时会有更加合适的人出现在你面前，等待着你的选择。

一个人的格局和气质很重要，当你把自己的格局放大，你会发现你看事物的角度也会不同，永远不要逼着自己前行，而是主动学会接纳这个世界。当你的心胸开阔了，你会发现，即使跌倒，即使躺下，你也会在休息好了之后爬起来继续前行。

有时候，我也会讨厌这个功利的时代。

它让很多人都活得太用力，恨不得今天就把明天和后天的所有的事情都做完，他们的脚步太快，快得完全没有时间去看周围的风景。所以，越来越快的生活节奏让人们的幸福感陷入了危机，在一些人的价值观中，慢下来生活就变成了太懒惰。

年轻的孩子们在期待成功的时候，并不知道这些成功其实已经被他们忽略了过程。

有人说："三十岁后，相由薪生。"这个相，不仅是指你的容貌，还是你整个人的精神面貌和生活态度。这个薪，不仅是指你的工资，还指你对金钱的考衡和对赚钱的把握。你有娇俏的容颜，你有不怯场的外壳，你有一颗没有被委屈和蜷缩浸染的心，才更有柔情和力量去面对生活中的鸡飞狗跳，才不会被功利又赤裸裸的现实打败。

谢谢你，陪我到这里

谢谢你，一直读到这里。

我小的时候住在离阿塔山不远的地方，冬天的时候，喜欢看家里玻璃窗上的冰花。家里的床单是那种有浅红色牡丹图案的布料。厨房很小，但妈妈总会收拾得干干净净，每天晚上放学一进家门就能闻到妈妈做饭的香味。偶尔我会去姥姥家住上几天，九岁的时候，我把爸爸的旧毛衣拆了，织了一条围巾送给姥姥做礼物。姥姥乐得合不拢嘴，逢人便夸自己的外孙女多么心灵手巧，还织围巾给她。

那会儿我总会问姥姥一个问题："人为什么会老，让我拿熨斗把姥姥的皱纹熨平吧。"姥姥总是大笑说："人活着活着就老了啊。"

我和姥姥家周围的小伙伴，在姥姥家的院子里刨土，在地上画千奇百怪的图案，一起追着小狗跑。跑累了就跑回姥姥屋里大口喝水，坐在破旧的椅子上看老猫眯着眼睡觉，那时，姥姥总是会把最大的荷包蛋给我吃。虽然多年后，当我再想起那条给姥姥织的围巾时，忍不住掉泪。那怎么可以称之为围巾呢，明明就是一个小孩用旧毛线，针脚不一、歪歪扭扭地织了一条不规则的毛线条，可是姥姥却那么珍惜它。

读小学的时候，我大大咧咧，每天欢快地和同学一起玩耍，在学校操场上的单杠上练劈叉，结果又没劈成，裤子却快劈烂了。从那时开始，我就知道自己没有舞蹈天赋，肢体太过僵硬。小学时，我不为考试成绩发愁，人缘还比较好，顺利地小学毕业，参加了无数次大扫除，丢过一次书包，最后也被好心人捡到送回家。

后来搬到了新的家，家里的空间和院子比之前大了很多，我总是在周末的时候和妈妈在院子里打羽毛球，羽毛球也无数次飞到房顶上。我在那里养了一只特别聪明的小狗，小狗每天都用心陪着我们。每次过年收拾家，我都会找到很多宝贝，以及那些年买的磁带和海报。磁带里的明星离我们那么远，可是播放他们好听的声音时，感觉他们好像又那么近。那时我的书桌旁贴的是课程表和计划表，我记得那盏小台灯下微弱的灯光，透过它们，好像看到山南海北。

初中的时候我开始偏科，好像对数学陌生到即使给了正确答案，也演算不出过程。每次数学老师讲课的时候，我都迷茫地看着黑板，我的内心是崩溃的。每一次数学考试试卷发下来的时候，我看着上面的成绩，心里空洞洞的，像是被凿了一个窟窿。人家说凿壁借光，而我是凿了心脏，心里的那点光都丢失了。有次考试又考砸了的我哭着回家。妈妈告诉我："没关系，你已经尽力了，人生哪有那么多圆满。"

初中时，我经常和好朋友一起骑着自行车上大坡，好像有用不完的力气，即使风吹得头发都没型了，依旧欢快地穿着校服蹬着自行车向前。

那时，我喜欢画画，和同学一起出黑板报，每次画完手上都被粉笔沾得花花绿绿，有时候脸上、额头上都是粉笔灰，但是看到成品的时候，心里还是会像开出一朵小花一样。

那大概就是少年时最简单的欢喜。

读高中的时候，我毫无悬念地选择了文科，在物理课上背政治，在数学课上写作文。那时我彻底成了理科白痴，只要有数字出现，全靠蒙，而且蒙对的概率特别低，有人说，别再抱怨你在十四亿人中找不到一个对的人了，考试时数学题四个选项都找不到一个对的。不得不说，很有道理。

每个晚自习都有背不完的文章，那时最害怕的四个字就是：背诵全文。每个夜晚，好像都很忙碌，那些画面好像也再不会重来，我们在静静的教室里，只有安静的书写声和微小的背诵声。

在高中上体育课，女同学好像突然变得拘谨起来，连最豪爽的大胖在仰卧起坐的时候都拉紧了校服，而有的女同学在跑步的时候，也都放慢了脚步，害怕胸太抖。或许几年后她们才会知道，当年的胸平得根本就抖不起来，是自己太多虑了。夏天的时候，某个同学穿个吊带，整个楼道都会炸翻天：看，她穿得真暴露，一点也不像高中生的样子。现在想起来，吊带配校服，哪里暴露了？但是在我们当时那个年纪，穿个紧身牛仔裤逛街就会被认为是在裸奔。

我很不如意地以数学低到不能再低的分数考入大学，去了异地，有时候一个人坐在公交车上，很想念家乡的风。虽然那样的风会把脸吹得黑乎乎的，但是依旧很喜欢那样熟悉的气息。

我的大学过得很平静，平静得无声无息，每天都在教室、宿舍、食堂间穿梭，每次临近考试的时候都是临时抱佛脚，发奋看书到深夜，最后在那个不是很大的校园中，庆幸自己没有挂科。

大学所在的城市，是我很喜欢的地方，有老街古宅，有海有蓝天。大学校园在那个城市的郊区，周围有煎饼果子、狗不理包子、果馅汤圆之类的东西，当地的方言盛着更多的人间温情。快毕业的时候，和室友一起吃热腾腾的火锅，没喝酒心里却好像有一些怀念在翻滚。

毕业之后回到家乡。很喜欢故乡的夜晚，月色如水，心无波澜。

刚参加工作的那几年，说话紧张得舌头打结，坐公交车还会坐错站。但是现在真的羡慕二十岁的自己，可以大声笑，肆无忌惮地哭，不论多忙都不会感到累。

这些年，身边的朋友一直都在，我们在"六一儿童节"看星星、去广场看风筝、一起在平安夜畅谈我们刚刚经历的人生，这一路我们笑着、闹着、哭着。

我们是彼此前行的力量。其实从小到大，我周围大多数是阳光开朗的姑娘，一路上，我还遇到了很多特别好的前辈，他们教会我勇敢，教会我如何保持初心，教会我努力前行。

如今的我并不敢说我改变了多少，但至少，我喜欢现在的状态和生活，喜欢用尽全力去过好每一天。会写温暖的文字，希望可以治愈正在迷途中的你。

前段时间，我看到一个东北姑娘索尼萨给我的留言，她说："看了你的文字，给我很深的触动，请你继续坚持自己的梦想，活在当下，又不迷失当下。"

每次看到读者的留言，就感觉自己之前所有平凡的日子都在发光，都变成了心里最初想要的样子。

我能一直用心写下去，并不是因为感觉自己写的文字有多么抒情、多么深刻或者说构思有多么好，而是因为文字有一种力量，让我觉得我和陌生的你之间能获得共鸣。

多么神奇，我们素昧平生，却因文字而结缘，谢谢你，出现在我平凡的生命中，也让我的文字更加有意义。

愿我们山水相依，用文字来做一场见证，希望它是你们孤独或疲惫中的一杯清茶，风雪暖归。

世界这么美，让我们为自己加油呐喊，在彼此看不到的地方，各自安好，各自努力，以自己喜欢的方式，好好生活吧。

愿我们不负时光，不负自己。

易小宛

图书在版编目 （ＣＩＰ） 数据

姑娘，愿你有个自己说了算的人生 / 易小宛著 . --
南昌 ：江西教育出版社，2019.7
ISBN 978-7-5705-1123-5

Ⅰ．①姑… Ⅱ．①易… Ⅲ．①散文集－中国－当代
Ⅳ．① I267

中国版本图书馆 CIP 数据核字 (2019) 第 093673 号

姑娘，愿你有个自己说了算的人生

GUNIANG, YUANNI YOUGE ZIJI SHUOLESUAN DE RENSHENG

易小宛　著

江西教育出版社出版

（南昌市抚河北路 291 号　邮编：330008）

各地新华书店经销

三河市金元印装有限公司印刷

880mm×1230mm　32 开本　10 印张　字数 180 千字

2019 年 7 月第 1 版　2019 年 7 月第 1 次印刷

ISBN 978-7-5705-1123-5

定价：39.80 元

赣教版图书如有印制质量问题，请向我社调换　电话：0791-86705984

投稿邮箱：JXJYCBS@163.com　　　电话：0791-86705643

网址：http://www.jxeph.com

赣版权登字 -02-2019-297